Veit Graber

Die abdominalen Tympanalorgane der Cikaden und Gryllodeen

Antigonos

Veit Graber

Die abdominalen Tympanalorgane der Cikaden und Gryllodeen

Unveränderter Nachdruck der Originalausgabe von 1876.

1. Auflage 2024 | ISBN: 978-3-38643-563-5

Antigonos Verlag ist ein Imprint der Outlook Verlagsgesellschaft mbH.

Verlag: Outlook Verlag GmbH, Zeilweg 44, 60439 Frankfurt, Deutschland
Vertretungsberechtigt: E. Roepke, Zeilweg 44, 60439 Frankfurt, Deutschland
Druck: Libri Plureos GmbH, Friedensallee 273, 22763 Hamburg, Deutschland

10
vnidades

Unveränderter Nachdruck der Originalausgabe von 1876.

Der Verlag Antigonos spezialisiert sich auf die Herausgabe von Nachdrucken historischer Bücher. Wir achten darauf, dass diese Werke der Öffentlichkeit in einem guten Zustand zugänglich gemacht werden, um ihr kulturelles Erbe zu bewahren.

ISBN 978-3-38643-563-5

Antigonos

TYMPANALORGANE DER CIKADEN UND GRYLLODEEN.

VON

DR. VITUS GRABER,

PRIVATDOCENT FÜR ZOOLOGIE AN DER UNIVERSITÄT ZU GRAZ.

(Mit 2 Tafeln.)

———

VORGELEGT IN DER SITZUNG DER MATHEMATISCH-NATURWISSENSCHAFTLICHEN CLASSE AM 13. JÄNNER 1876.

———

Tympanale oder trommelfellartige Membranen, das sind verdünnte, meist scharf umschriebene und eigenartig angepasste Stellen der Körperdecke, welche durch gewisse Lufterschütterungen oder durch den intermittirenden Zug besonderer Muskeln leicht in Schwingung gerathen und diese ihrer Umgebung mittheilen, finden sich in keiner Abtheilung des Thierreiches so häufig und in so mannigfacher Form und Verwendung, wie bei den Insecten, bei welchen theils die physikalische Beschaffenheit des Integumentes, theils der Bau und die Verbreitung der zur Respiration bestimmten Lufträume ganz vorzügliche Bedingungen für die Ausbildung, ja man darf sagen, für die noch fort und fort stattfindende Neubildung derartiger oscillatorischer Häute darbietet.

Wenn wir von jenen ihrer Wirkung nach so viel wie gar nicht gewürdigten Integumentverdünnungen, welche einer angrenzenden Tracheenerweiterung behufs einer ausgiebigeren Respiration einen grösseren Spielraum gestatten (Trommelfelle der Heuschrecken, Spiegelhäutchen der Cikaden), vorläufig absehen, beziehungsweise die anderen Functionen derselben ins Auge fassen, so ist bekannt, dass es sich da um zweierlei handelt.

Von der einen Gattung dieser Trommelhäutchen steht es fest, dass sie Schalle erregen, resp. die in ihrer weiteren oder unmittelbaren Nachbarschaft durch Aneinanderreibung derberer Hautpartien verursachten Schallvibrationen durch Resonanz verstärken, beziehungsweise moduliren (Spiegelfeld der Laubheuschrecken und Gryllodeen, Tamburin der Cikaden), während man mit vieler Wahrscheinlichkeit, wenn auch nicht mit vollkommener Gewissheit, andere und den tongebenden Membranen oft täuschend ähnliche [1], oder besser genau correspondirende Integumentbezirke (tibiale Tympana der Locustinen und Gryllodeen, abdominale Trommelfelle der Acridier) für Schallüberträger, also für akustische Hilfsvorrichtungen ansieht, wie sie den höheren,

———

[1] Kirby (Einleitung in die Entomologie, pag. 456) drückt dies in seiner Weise so aus: „Der grosse Schöpfer hat in diese Kerfe (Cikaden) ein Organ zur Bildung und Ausstossung von Tönen gegeben, welches in der mannigfaltigen Zusammensetzung seines Baues demjenigen zu gleichen scheint, das Er dem Menschen und den grösseren Thieren zum Wahrnehmen der Töne gegeben hat."

zumal den dasselbe Medium wie die Insecten bewohnenden Thieren zukommen. Nachdem die Flügeltympana der Grillen und Laubheuschrecken (*Digastria*) schon hinreichend bekannt und die überaus merk- und denkwürdigen tympanalen Sinnesapparate auch bereits Gegenstand einer zwar bei Weitem nicht erschöpfenden aber doch vielseitigen Arbeit[1] gewesen sind, bleiben uns von diesem ganzen Capitel der Insecten-Tympanalorgane nur die betreffenden als Stridulationswerkzeuge agirenden Organe der Cikaden, sowie die seltsamen trommelfellartigen Abdominalbildungen der Gryllodeen für ein näheres Studium übrig, das, wie sich zeigen wird, in mehrfacher Beziehung Interesse bietet, ja möglicher Weise auch für die Erklärung der tympanalen Sinnesapparate Bedeutung erlangen kann.

I. Tympanalorgane der Cikaden.

Wir würden wohl schwerlich an die Toninstrumente der viel besungenen und besprochenen Cikaden gerathen sein, wenn einerseits nicht ein in der Insectenanatomie viel erfahrener deutscher Forscher, nämlich Herr H. Landois[2], die bislang allgemein für richtig erkannte Ansicht über die Entstehung der Lautäusserungen der Cikaden für vollkommen grundlos erklärt hätte, und wenn andererseits nicht die jüngst erschienene Arbeit des Sigr. Dr. Cesare Lepori[3], welche gegen Landois zu Felde zieht, und, die alte Reaumur'sche Anschauung wieder in ihr Recht einsetzend, eine möglichst exacte und „den Geist der für diesen Gegenstand interessirten Naturforscher vollkommen zufriedenstellende Beschreibung" verspricht, Vieles zu wünschen übrig, ja sich auch sehr wesentliche Unrichtigkeiten zu Schulden kommen liesse.

Eine namhafte Ergänzung der bisher über den fraglichen Stridulationsapparat bekannt gewordenen Daten verdient aber vor allem die morphologische Deutung seiner einzelnen Bestandtheile und dann der Bau der tonerzeugenden Trommelhaut selbst, welche die früheren Autoren nur ganz im Allgemeinen beschrieben haben, so dass eine eigentliche Erklärung über die Entstehung der bekannten Lautäusserungen gar nicht gegeben werden konnte.

Die erste und bis auf heute noch immer die beste Beschreibung und bildliche Darstellung der betreffenden Organe verdanken wir bekanntlich Reaumur[4]. Da uns aber das betreffende Opus im Augenblicke nicht zu Gebote steht, so sind wir auf die von Kirby zusammengestellten Daten verwiesen, welche uns übrigens eine bessere allgemeine Orientirung gestatten, als dies eine detaillirtere Wiedergabe der vorwiegend polemischen Arbeit Lepori's vermöchte.

Auf der Unterseite des Bauches der Cikadenmännchen bemerkt man, schreibt Kirby, ein Paar grosse, derbe, lederartige Platten (Fig 3 und 5 sch_3), bei einigen (z. B. *Cicada plebeja*, auf welche sich unsere Angaben fast ausschliesslich beziehen) halb eiförmig, bei anderen dreieckig, bei noch anderen wie ein Kreisabschnitt von verschiedenem Durchmesser. Diese Platten oder Schuppen bedecken den Grund des Bauches. Dieses sind die Trommeldeckel, unter welchen der Ton hervorkommt. Am Grunde der hinteren Beine, hart über (?) jedem Deckel ist ein kleiner stachelartiger Fortsatz mit breiter dreieckiger Basis (Fig. 3 b), welcher nach Reaumur verhindern soll, dass sie zu hoch aufgehoben werden. Nimmt man einen Deckel weg (Fig. 2 sch_3), so findet man darunter an der äusseren Seite eine Höhle (Fig. 2 und 4 H) mit einer schmalen, halbmondförmigen Mündung, welche sich (nach oben, lateralwärts) in das Innere des Bauches zu öffnen scheint. Auf der inneren (richtiger unteren oder ventralen) Seite ist eine andere unregelmässige Aushöhlung oder Vertiefung (Fig. 1 und 2 bi), deren Boden (richtiger Decke) in drei Stücke (Fig. 1, 2 und 5 g, b_1, Sp) getheilt ist, wovon das hintere, der Spiegel (Fig. 2, 3, 4 und 7 Sp) mit einer straff gespannten, bei einigen Gattungen vollkommen durchsichtigen, bei anderen nur durchscheinenden spiegelglatten, dünnen und meist schön irisirenden Haut überzogen ist.

<hr>

[1] Denkschriften der kais. Ak. d. Wissenschaften Bd. 36, und mein Buch „Organismus der Insecten" München, bei Oldenbourg, 1876.

[2] Thierstimmen, Freiburg, Herder'sche Verlagshandlung, 1874.

[3] Nuove Ricerche anatomiche e fisiologiche sopra l'organo sonoro delle Cigale. (Bullett. Soc. ital. I., 1869.)

[4] Histoire nat. des Insectes. V. Bd. Vergl. auch Goureau's Essai sur la stridulation des Insectes. Pl. 4, fig. 13, 14, 15. (Ann. d. la soc. ent. France, 1. sér.)

Das mittlere Stück (Fig. 1, 2, 4 und 7 b_1) ist eine feste hornige Platte, welche söhlig liegt und den Boden (Decke) der Höhle bildet. An der inneren (frei in das Körperlumen, beziehungsweise in die Tracheenblase hineinragenden) Seite endigt diese Schiene in einen dünnen von vorne nach hinten ansteigenden Kamm (Fig. 7 k, 4 und 5 b_1). Zwischen dieser Bauchschiene und der Brust liegt noch eine andere, quergefaltete dehnbare (Gelenks)-Haut (Fig. 1, 2, 3 und 5 g).

Aber dieser ganze bisher beschriebene Apparat reicht nicht hin, den Ton dieser Kerfe hervorzubringen; es ist jetzt noch ein viel wichtigerer und sonderbarerer zu beschreiben, der sich nur durch Zerlegung zur Ansicht bringen lässt. Hat man ein Stück von der ersten und zweiten Rückenschiene, welche über den Trommeln liegen, weggenommen, so fallen zwei Muskelbündel (Fig. 4 M) in die Augen, welche unter einem spitzen (ungefähr 80° betragenden) Winkel aneinanderstossen und mit dem anderen Ende an der Spitze (dem hinteren Ende!) der ersten Bauchschiene befestigt sind.

In Reaumur's Exemplar scheinen diese Muskelbündel (vergl. auch den Längsdurchschnitt in Fig. 5 M) walzig gewesen zu sein, bei einem aber, welches ich (Kirby) zerlegte, waren sie röhrenförmig (?), und das Ende (Fig. 8 M, S), an welchem die wahre Trommel (Fig. 4 T) hängt, war weiter. Diese Bündel bestehen aus einer ungeheuren (!) Menge Muskelfasern, welche dicht aneinander liegen, aber sich leicht trennen lassen. Während Reaumur sie untersuchte und ein Bündel mit einer Nadel verrückte, so entstand sogleich der gewöhnliche bekannte Ton, als er es wieder fahren liess, obgleich das Thier seit langer Zeit todt war. Sind die vorbeschriebenen schuppenartigen Bauchplatten weggenommen, so bemerkt man (wie schon erwähnt) auf jeder Seite der Trommelhöhlen eine andere, mondförmige Höhle, welche sich „in das Innere" des Bauches öffnet (Fig. 2 und 4 H). In dieser lateralen Höhlung befindet sich die wahre Trommel, das Hauptorgan des Tones. Wenn die Cikade nicht im Stande ist, ihre Töne selbst zu moduliren, so sind Theile genug vorhanden, welche es für dasselbe thun; denn die Spiegel, die (Gelenks)-Häute (?) und die Centralstücke, nebst ihren Höhlen, alle helfen dabei. Wenn man den Seitentheil der ersten Rückenschiene des Abdomens (Fig. 2 D) wegnimmt, so entdeckt man in der (nun aufgedeckten) zuletzt beschriebenen Höhle (Fig. 1 H) eine fast undurchsichtige und beinahe halbzirkelförmige concav-convexe Haut mit Querfalten, die eigentliche Trommel. Jedes der vorher beschriebenen Muskelbündel endigt in eine fast scheibenförmige, sehnige Platte (Fig. 7, 8 und 9 S), von welcher mehrere (eine etwas veraltete und ungenaue Darstellung!) kleine Flechsen abgehen, die einen Draht bilden, der durch eine Öffnung (Fig. 8 a) in dem hornigen Stücke, das die Trommel trägt (Fig. 9 d), läuft, und an ihrer unteren (d. h. dem Körperlumen zugewandten) oder concaven Fläche befestigt ist [1].

Werden die Muskelbündel abwechselnd und rasch verkürzt und erschlafft, so ziehen sie durch ihr Spiel die Trommel ein und aus. Auf diese Weise wird beim Einziehen die convexe Fläche concav, und der Ton entsteht dadurch, dass sie beim Erschlaffen der Muskeln ihre Convexität wieder herzustellen sucht.

Soweit Kirby, beziehungsweise Reaumur.

Bei diesem ganzen klaren Sachverhalte und dem Umstande, dass nach Reaumur's mitgetheilter Beobachtung eine Zerrung der beschriebenen Muskeln das Trommelfell tönend macht, ist es gewiss sehr auffallend, warum sich Landois mit dieser auch von anderen sehr gewiegten italienischen Entomologen wie Malpighi und Pontedera getheilten Erklärungsweise nicht zufrieden gab. Er sagt allerdings, dass er auf Reaumur's Auseinandersetzungen deshalb wenig Vertrauen setze, weil dieser keine lebenden Cikaden unter-

---

[1] In seiner Arbeit „Über ein dem sogenannten Tonapperat der Cikaden analoges Organ bei den hiesigen Gryllen (Zeitschrift f. wissensch. Zoologie Bd. 22, pag. 348) thut H. Landois mit Rücksicht auf den von Kirby so deutlich angegebenen Sachverhalt folgenden befremdenden Ausspruch:

„Der Trommelmuskel ist stark chitinisirt und wurde von älteren Forschern einfach als Chitinstäbchen (?) gedeutet. Die Muskelstructur (!) desselben kann nach der mikroskopischen Untersuchung durchaus nicht zweifelhaft sein. Wegen seiner starken Chitinisirung kann dieses Stäbchen nicht contrahirt werden." Also ein Muskel, der nicht contrahirt werden kann! —

sucht habe; allein mit Recht bemerkt Sigr. Lepori, dass dies bei Herrn Landois auch der Fall gewesen zu sein scheint, da er seinen eigenen Untersuchungen eine exotische Cikade zu Grunde legte.

Landois' Angaben sind nun in Kürze folgende. Der von den älteren Autoren als Tonwerkzeug beschriebene Apparat gehört nach ihm nicht dem 1. Hinterleibsring, sondern — dem Metathorax an. Die muschelförmigen Trommelfelle wären am Metathoraxring vollständig festgewachsen. „Die Befestigung geschieht einerseits durch einen starken Chitinbalken (das Mittelstück Reaumur's) mit der Scheidewand der Spiegelhöhlen, andererseits durch einen Ring des muschelförmigen Gebildes selbst. Dieser Ring ist eingelassen in der Seite der Leibeswand und nur das gefaltete Häutchen (die Trommel) ragt halbkugelig hervor, nach oben geschützt durch die starke Seitenwand der — Hinterbrust (Fig. 2 *D*). Dadurch fällt die Behauptung Reaumur's und seiner Nachfolger schon von selbst; denn ein so festgewachsenes Organ kann durch Muskeln nicht aus seiner Lage gebracht werden. Eine solche ruckweise stattfindende Muskelthätigkeit, wie sie hier supponirt wird, ist auch an und für sich ohne Gegenstück in der Natur."

Um vorläufig nur die Stichhältigkeit dieser letzten Äusserungen Landois' zu prüfen, so hat Reaumur ja nicht eine Ortsveränderung der festgewachsenen Trommeleinfassung, sondern nur jene des gefalteten Häutleins wie wir gehört nicht blos angenommen, sondern in der That gesehen und die damit unzertrennlich verknüpfte Lautäusserung sicher constatirt. Betreffs der angeblichen Unwahrscheinlichkeit einer ruckweisen Muskelthätigkeit hat es wohl kaum der Erinnerung von Sigr. Lepori und Prof. Cav. Targ. Tozzetti bedurft, um zu wissen, dass derartige Muskelcontractionen sehr allgemeine Erscheinungen sind. Und wozu, muss man wohl auch fragen, sollten die auffallend dicken Trommelmuskeln denn anderes dienen, als diese anzuziehen, umsomehr, als hiezu eine kunstvoll ausgeführte Sehne als Handhabe nachgewiesen ist.

„Geleitet durch meine zahlreichen Beobachtungen an den Brummapparaten der Fliegen und Mücken, fährt Landois dann fort, wendete ich, nachdem ich die übrigen anatomischen Verhältnisse genau studirt, meine Aufmerksamkeit auf die Luftlöcher des Metathorax (Fig. 1, 2, 3 *st₁*), die bisher von den Forschern völlig unberücksichtigt geblieben waren. Ich erkläre mir diesen Umstand aus der versteckten Lage der Stigmen selbst. Bei einer bedeutenden Längenausdehnung sind sie mit einer schmalen spaltenförmigen Öffnung versehen und auf ihren verdickten Rändern stehen mehrere Haare (Fig. 14 *st₂*), die an der einen Seite kurz, an der rechten (hinteren Fig. 12 *h*) viel länger sind. In dem steiferen Chitinrande der Stigmen sind die bei 0·134 Mm. breiten Stimmbänder angebracht, die nur einen sehr schmalen Spalt zum Austritt der Luft frei lassen. Ich fand bei keinem einzigen Insecte anderer Gattungen (was soll das heissen?) einen derartigen Stigmenbau wieder vor."

„Vergleichen wir nun, fährt Landois weiter fort, die aufgefundenen Theile des Tonapparates mit denen der Fliegen, etwa der Brummfliege, so finden wir alle Theile analog wieder," wobei Landois die fiedrigen Blätter der Brummhöhle der Brummfliege den tympanalen Bauchschuppen der Cikaden vergleicht! —

Dass der ausserordentlich laute und durchdringende Ton der Cikaden wirklich durch die „Stimmbänder" des „Schrillstigmas" hervorgebracht wird, glaubt dann Landois mit Hilfe einer Art primitiven aus einem Grashalm gefertigten Hirtenpfeife beweisen zu können, auf der man einen sehr lauten Ton von „schrillend flötender Klangfarbe" blasen kann.

Nachdem Landois noch behauptet, dass die Stimmbänder der Cikadenweibchen auf ein Minimum reducirt wären, dass sich aber ausser den Spiegeln auch deutliche Spuren der muschelförmigen Organe auch bei diesen vorfinden, schliesst er mit den Worten: „Da der Ton der Cikaden durch die Respirationswerkzeuge hervorgebracht wird, so muss er Stimme genannt werden; und wir können kein Veto mehr einlegen, wenn Jemand, der die laute Stimme der Cikaden für klangvoll, sonor und angenehm hält, dieselbe einen Gesang nennen will. So kommt man endlich oft durch genaue mikroskopische Studien wieder auf das zurück, was die Völker vor Jahrtausenden richtig geahnt und benannt haben."

Wenn Landois zunächst meint, dass die Cikadenstigmen vor ihm Niemand untersucht habe, so ist dies nicht ganz richtig, Burmeister wenigstens gibt ihre Lage sehr genau an. Übrigens liegen die

„Schrillstigmen," sogut wie die ganz gleichgeformten der Vorderbrust (Fig. 1, st_1) nicht „unter", sondern über den Beinen, in derselben Höhe mit den Flügelgelenken. Haare, wie sie Landois beschreibt, finden sich an den Stigmenrändern in der That, bemerkenswerth sind aber nur jene der Hinterlippe, die, indem sie die Stigmenmündung überdachen, als Schutzvorrichtungen dienen, beziehungsweise zu dem Behufe besonders angepasst sind. Die Hauptsache, auf die Landois seine ganze Theorie aufbaut, können wir aber leider nicht ausfindig machen, nämlich die Schrill- oder Stimmbänder. Diese sind nicht blos bei den Weibchen, wie Landois sehr richtig beobachtet, kaum in der Anlage zu sehen, sie fehlen auch den Männchen ganz und gar.

Was Landois für Stimmbänder hielt, mit der uns unerklärlichen mikroskopischen Messung ihrer Breite, können höchstens abgerissene Fetzen des Tracheensackes gewesen sein, der sich unmittelbar an die verdickten Ränder des Stigmas ansetzt. Für eine allfällige Nachuntersuchung empfehlen wir nicht allzu starke Vergrösserungen anzuwenden, sondern sich zunächst mit der Loupe über den gröberen Bau dieser ganz gewöhnlichen Luftlöcher zu orientiren, und bemerken auch, dass die citirte Abbildung mit der Cam. luc. gezeichnet wurde.

Da Landois die vermeintlichen, resp. „supponirten" Stimmbänder der Cikadenstigmen mit jenen gewisser Fliegen vergleicht, wäre eine forgfältige Nachprüfung der vom genannten Autor in Bezug auf letztere gemachten Angaben umsomehr am Platze, als sich auch manche seiner für unzweifelhaft ausgegebenen Verhältnisse betreffs der Verschlussvorrichtungen als nicht ganz sachgemäss herausgestellt haben.

Übergehend auf die mehr erwähnte Arbeit von Cesare Lepori, bei der ihm zwei der berühmtesten italienischen Entomologen, nämlich Targ. Tozzetti und Filippo de Felippi rathend zur Seite standen, so erscheinen deren Daten vorwiegend nur als Variationen der von Kirby, resp. Reaumur und Goureau gegebenen. Hinsichtlich des anatomischen Verhaltens sei nur Folgendes hervorgehoben.

Vom Ring, oder Rahmen, in dem der irisirende Spiegel ausgespannt ist, wird behauptet, dass er ganz vom Hinterrand des ersten Leibesringes gebildet wird, und dass man bei einiger Vorsicht den ersten vom zweiten Ring abtrennen könne. Hinsichtlich der bandförmigen Sehne des Trommelmuskels findet sich die Angabe, dass sie sich in der Ecke zwischen dem Ober- und Hinterrande des Paukenfelles und zwar an deren Einfassung befestige. (E va a fissarsi alla parte superior-posteriore della circonferenza della membrana pieghettata). Die eigentliche Trommel beschreibt Lepori folgendergestalt:

Sie zeigt uns eine innere concave Oberfläche und eine äussere convexe. Sowohl die eine wie die andere bietet eine bestimmte Anzahl von durch Furchen getrennter Falten, welche nach einem Punkte (Fig. 9 d) convergiren, von welchem eine ziemlich erhabene Leiste (a) ausläuft, welche sich bis zum hinteren Theil des Rahmens (?) verlängert, und an welcher viele Fibern der Trommelmuskelsehne zur Insertion gelangen. (Una cresta, che si prolunga fin nella parte posteriore della circonferenza, ed alla quale vanno ad inserirsi molte fibre del tendinetto già descritto.)

Auch hinsichtlich der nächstliegenden Ursache der Tonerzeugung schliesst sich Lepori an Reaumur an. Er sagt nämlich, wenn man mit einem geeigneten Instrumente die convexe Stelle der Trommel eindrückt, beziehungsweise den Muskel anzieht, entsteht ein Ton wie von trockenem Pergament, und indem sie in die Ruhe zurückkehrt, entsteht derselbe Ton.

Eine auch nur halbwegs befriedigende Abbildung der Trommel bringt die Arbeit leider nicht, während die auf die Trommelmuskeln bezügliche Illustration (Fig. 10) einen mehr schematischen Charakter hat.

Auf einige interessante Experimente Leporis kommen wir später zurück [1].

---

[1] In den zu Lepori's Abhandlung gemachten Zusätzen von Jacq. Tozzetti findet sich unter Anderem auch die höchst befremdende Bemerkung, dass die rippenartigen Verdickungen der Trommel aus mehreren übereinander geschichteten Lagen kleiner Zellen bestehen. Die ehemalige Ansicht über die zellige Structur der Chitinhäute ist doch längst über Bord geworfen.

Nach den vorausgegangenen Mittheilungen, zumal jener Reaumur's selbst, können wir die Ergebnisse unserer eigenen Untersuchungen sehr knapp fassen.

Zunächst handelt es sich um die morphologische Deutung der in Frage kommenden Gebilde, die, wie wir gehört, sehr verschieden aufgefasst wurden.

Machen wir den Anfang mit den grossen, die ventrale Trommelgrube, wie wir sie nennen wollen, bedeckenden bauchständigen Schuppen. Ein flüchtiger Blick auf eine auf dem Rücken liegende Cikade sagt uns, dass man da keinerlei neue und ausschliesslich auf den Tympanalapparat berechnete Einrichtungen vor sich hat. Dieselben Schuppen, nur etwas kleiner, finden sich und zwar genau an der homologen Stelle auch am Pro- und Metathorax. Sie erweisen sich (Fig. 1 sch_1, sch_2) als flügelartige Auswüchse der sog. Epimera oder besser Lateralstücke der Brustringe. Jene der Vorderbrust gleichen den grossen Hinterbrustplatten mehr als jene des mittleren Ringes. Hier erscheinen sie als seitliche Lappenanhänge des Rückenstückes oder Halsschildes. Die angezogene Homotypie der ventralen Tympanalschuppen, so mögen sie heissen, ist am evidentesten bei den Weibchen (Fig. 3 sch_1), wo sie auch in der Grösse jenen der Vorderbrust wenig voraus sind.

Die Adaptirung oder Übernahme gewisser vielleicht anfänglich ganz indifferenter Körperbestandtheile zu besonderen nachträglich entstandenen Einrichtungen ist kaum wo deutlicher.

Bei der Durchmusterung einer grossen Suite unserer Musikanten fanden sich auch öfter solche mit ungleich entfalteten Schuppen, was z. Th. sich allerdings auch von gelegentlichen Verstümmelungen herschreiben mag. Einigemale wenigstens war auf der betreffenden kurzschuppigen Seite auch der Spiegel durchbohrt, was dem Thiere sonst weiter wenig zu schaffen machte.

Die erwähnten Stacheln finden wir bei *C. plebeja* nur an der Hinterbrust. Ihr Nutzen ist mir nicht klar — mag sein, dass sie zum Schutze oder zur Dirigirung der Platten etwas beitragen.

Gehen wir nun gleich an die Entzifferung der morphologischen Stellung der Toninstrumente, der Tympana und ihres Zubehörs. Landois verlegte sie in die Hinterbrust, beziehungsweise in das Metanotum. Die Sache erklärt sich wohl damit, dass der Hinterrand des auffallend grossen Cikaden-Mesonotums (Fig. 2 $\alpha\beta$) den verhältnissmässig schmalen, kragenförmigen Hinterrücken (γ) wenigstens auf der Firste ganz bedeckt, während er lateralwärts, wo sich die Hinterflügel (Fig. 1 Fl_2) einlenken, freilich ganz gut zu sehen wäre, umsomehr als sein Hinterrand kielförmig aufgeworfen ist. Übrigens braucht man nur den Mittelrücken etwas vornüber zu beugen, um den Hinterrücken (Fig. 2 γ) in seiner ganzen Ausdehnung zu Gesichte zu bekommen.

So wie zwischen dem Mittel- und Hinterrücken findet sich auch eine wohl entwickelte dünne, faltbare Gelenkshaut (g'') zwischen letzterem und der Rückenschiene des ersten Hinterleibsringes. Manche Autoren haben offenbar die halbbogenförmigen Dorsalstücke des 1. und 2. Abdominalsegmentes für ein einheitliches Gebilde gehalten. Man bemerkt aber schon bei äusserlicher Betrachtung auf der Firste des Rückens die eingedrückte Grenzlinie zwischen dem ersten schmäleren (Fig. 2 und 13 r_1) und dem zweiten breiteren Ringe (r_2), welche Grenzfurche aber nach unten hin bei den Männchen von *C. plebeja* verschwindet, weil dort, wie auch Brauer[1] ganz richtig erkannt hat, vom zweiten Ring ein kappenartiger Fortsatz ausgeht, der sich über den unteren Seitentheil der ersten Schiene, welche eben die Trommel trägt, oder richtiger die Trommel bildet (Fig. 1 r_1, T), deckelartig herüberwölbt (Fig. 2 D).

Schneidet man den Deckel weg (Fig. 1), so bietet die Trommelgegend ein Bild, zum Verwechseln dem ähnlich, wie es das sog. Ohr gewisser Schnarrheuschrecken, z. B. von *Acridium* oder *Caloptenus*[2] zeigt, und man könnte in der That versucht sein zu glauben, dass, wie dort, die ganze Grube oder Tasche, in der das trommelförmige Häutchen in schiefer Richtung von vorne und aussen nach hinten und innen sich einsenkt, vom ersten Hinterleibsringe gebildet werde. Dies ist aber — und dies Verhältniss muss aus nahe liegenden Gründen ganz genau constatirt werden — nicht der Fall.

---

[1] Troschel's Archiv f. Naturg., Jahrg. 34, Bericht über die Leistungen in der Entomologie.

[2] Vergl. in meinem Werke: Die tympanalen Sinnesapparate der Orthopteren, Fig. 133 und 116 mit Fig. 1 vorliegender Abhandlung.

Nur das Tympanum gehört, wie bei den Acridiern, dem ersten Ringe an, die dabinterliegende Aushöhlung (das hintere Trommelfellgewölbe der Acridier), sowie der über die gefältelte Haut gespannte Deckel dagegen dem 2. Abdominalsegmente. Dies lehrt zunächst schon das Bild Fig. 4, welches einen rings an der Gelenkshaut zwischen Brust und Abdomen abgerissenen Hinterleib von vorne zeigt. Entsprechend der oberwähnten Grenzlinie zwischen dem ersten und zweiten Ringe sieht man hier inwendig eine ganz ähnliche diaphragmaartige nur minder tief gehende Einstülpung des Hautpanzers (*di*), wie man sie behufs der Insertion einer Partie der Flügelseuker bei den Cikaden und anderen Insecten hinter dem Mesonotum als sog. Mesophragma der älteren Autoren (Fig. 5 *D*) wahrnimmt. Schnitte, wie der eben angezogene, geben uns überhaupt über derartige Fragen die besten Begriffe. Am Längsdiagramm in Fig. 5 sehen wir oben in scharfer Trennung Mittel- (R_2) und Hinterbrust (R_3), unter ersterer verborgen, sowie die auffallend tiefe Einkerbung zwischen dem 1. und 2. Hinterleibs-Dorsalstücke (*di*). Letztere ist, um das Zustandekommen der Trommel und der Trommelhöhle vollständig zu erfassen, weiter nach unten (seitwärts) zu verfolgen. Fig. 11 gibt zu dem Zwecke einen Längsschnitt, der in der Höhe *ts* in Fig. 2 geführt worden, also dort, wo sich die deckelartige Ausstülpung der zweiten Hinterleibsschiene zu bilden beginnt. R_2 ist die hintere dicke Randpartie des Mesonotums, *g* die nach vorne eingeschlagene zarte Gelenkshaut, R_3 der schmale dicke Hinterrückentheil, worauf die Gelenksmembran (*g*) zwischen letzterem und dem ersten Hinterleibsringe $\alpha\beta$ folgt. β bezeichnet also die Gelenksfalte zwischen dem 1. und 2. Ringe, gerade so wie *ε* jene zwischen dem 2. und 3. Metamer. Wir sehen aber, indem wir die Schnitte der Reihe nach mustern, dass die anfänglich, nämlich an der Mittelrückenlinie hart aneinanderliegenden beiden Blätter der erstgenannten Gelenksfalte gegen die Trommelgegend zu auseinanderweichen, während zugleich der ganze erste Ring allmälig eine schiefe Lage annimmt, nämlich sich von vorne und aussen (α) nach hinten und innen (β) einsenkt.

Dass der Trommelfelldeckel ($\delta\gamma$) wirklich dem 2. Segmente angehört und zwar als eine taschenartige Ausstülpung seines Vorderrandes sich darstellt, ist gleichfalls auf das unzweideutigste ausgesprochen.

Ein noch tiefer unten in der Richtung *xy* von Fig. 2 geführter Schnitt, in Fig. 12 abgebildet, führt uns dann auch das eigentliche Trommelfell ($\alpha\beta$) in seiner vollständigen Ausbildung vor Augen. Der Vorderrand des 1. Segmentes (bei *a*) hat seine ursprüngliche Derbheit bewahrt und figurirt als Rahmen, der übrige hintere Theil ist aber, im Vergleich zum früheren Schnitt, sehr verdünnt, von der charakteristischen Krümmung und von den eigenthümlichen Rippen ($ri_1\ldots ri_3$) durchzogen, von denen später die Rede sein wird.

Die Trommelhaut der Cikaden ist also als der eigenartig modificirte Rand- oder Lateraltheil der ersten dorsalen Abdominalschiene zu betrachten, während dessen schützende Überdachung vom benachbarten zweiten Segmente besorgt wird.

Die völlige Bestätigung erhält diese aus den morphologischen Beziehungen von *C. plebeja* erschlossene Auffassung durch das bei *C. haematodes* (Fig. 13) vorliegende Verhalten, deren Trommeln (*T*) ganz offen daliegen, wo also der bis zur Seitenlinie des Körpers zu verfolgende Vorderrand des 2. Ringes (r_2) keinerlei Ausstülpung erfahren hat.

Landois gibt uns die Versicherung, dass auch die weiblichen Cikaden ein Rudiment des Trommelfelles besässen. Für die Erklärung des Zustandekommens dieser interessanten Toninstrumente wäre dies, wenn es sich bewahrheitete, um so interessanter, als hier keine Spur der Trommelmuskeln nachweisbar ist. Die Sache verhält sich aber anders, wie ein Blick auf Fig. 3 lehrt, die uns die Tympanalgegend eines Cikadenweibchens vorführt. Die an der Bildung des Tympanalorganes betheiligten Dorsalschienen des 1. und 2. Hinterleibssegmentes (r_1, r_2) sind hier bis zu ihrem seitlichen Rande, wo sie sich unter einem scharfen Winkel gegen die Bauchseite umbiegen, ganz normal entwickelt, nur dass erstgenannte Platte nach unten sich etwas verschmälert. Am Vorderrande dieses verschmälerten Endtheiles unmittelbar hinter dem Stigma (st_2) bemerkt man nun allerdings eine kleine vorstehende krause Platte, die von mehreren Rippen durchzogen ist. Man hat es aber hier entschieden mit der zwischen dem Hinterrücken und dem 1. Hinterleibsringe eingeschalteten Gelenksmembran zu thun, die sich sogleich ausspannt, wenn man das Metanotum etwas anzieht. Dem Weibchen von *Cicada plebeja* wenigstens, fehlt jede Spur des männlichen Trommelfelles.

Die morphologische Determinirung der bauchständigen Tympanalgebilde ist nunmehr eine einfache Sache.

Am Grunde des Bauches, unmittelbar hinter der Insertionslinie der Ventralschuppen, liegt beiderseits der Bauchmittellinie eine sehr breite, gelblich-weisse Gelenkshaut, die *Membrana giallicia* Lepori's (Fig, 1, 2, 3, 5 *g*), welche sich als unmittelbare Fortsetzung der dorsalen Panzerfalte zwischen dem Metanotum und der 1. Hinterleibsrückenschiene erweist, von der sie zum Theile nur durch einen an der Seitenkante des Körpers von der Hinterbrust gegen das Trommelfell vorspringenden Sperrhaken (Fig. 2 *δ*) getrennt wird.

Dahinter folgt nun in unmittelbarer Fortsetzung der 1. Hinterleibsdorsalschiene die derbe, bei den Männchen ziemlich breite, bei den Weibchen relativ schmale Platte, welche bei ersteren zum Ansatz der Trommelmuskeln dient (Fig. 1, 2, 3, 4, 5, 7 b_1), und von der bereits oben die Rede gewesen. Burmeister vergleicht dieses mit einem mittleren vorspringenden Kamme (Fig. 7 *k*) und seitwärts mit zwei bogig nach oben gekrümmten Anhängen versehene Gerüste sehr treffend mit den bekannten Gabelfortsätzen des Brustgrates, die ja zu ganz ähnlichen Zwecken im Gebrauch stehen.

Dieses Trommelmuskelgestelle, wie wir es nennen wollen, ist unzweifelhaft, wie eine nähere Vergleichung der citirten Abbildungen lehrt, als Bauchplatte des 1. Abdominalmetamers zu deuten, während Burmeister und Gerstäcker (letzterer in seiner Zoologie) die Trommelmuskeln vom 2. Hinterleibsringe entspringen lassen.

Welchem Theile des normalen Insecten-Abdominalpanzers sind aber die grossen Spiegellamellen gleichzusetzen? Namentlich Fig. 2 zeigt uns aufs evidenteste, dass in diesen anscheinend so auffallenden Bildungen weiter nichts als die allerdings sehr eigenthümlich modificirte Gelenkshaut zwischen der 1. und 2. Bauchschiene vorliegt, welche letztere (Fig. 1 und 4 b_2) in der Mitte sich in einen nach vorne frei vorragenden Zipfel verlängert. Diese unsere Auffassung muss für um so plausibler gehalten werden, als uns die vor dem Trommelmuskelgestelle befindliche unzweifelhaft als Gelenkshaut sich präsentirende Membran den besten Beweis liefert, dass auch diese Theile einer bedeutenden Entfaltung und Weiterbildung sehr wohl zugänglich sind. Zudem sind die Spiegel bei den Weibchen ungleich kleiner und erinnern (Fig. 3 *Sp*) schon äusserlich an die Gelenksmembranen der Hinterleibsbasis.

Nachdem wir uns über die ganze Situation der Tympanalgebilde instruirt haben, kommen wir auf den Mechanismus zurück, von dem die Lautäusserungen ausgehen, also zunächst auf die Trommel und dann den Muskel, der sie zum Tönen bringt.

Die Lage der Trommel und deren Configuration auf einem quer durch sie geführten Schnitte kennen wir aus Fig. 12. Es ist eine in ihrer völlig unnachgiebigen hornartigen Umgebung eingelassene etwas durchscheinende, weisslich-gelbe, ungefähr muschelschalenartige Platte von unregelmässig ovalem Umriss und einer sehr mannigfach gekrümmten Oberfläche.

Fig. 8 gibt eine Ansicht davon von ihrer Aussenseite, also von der freiliegenden Fläche, die dem Deckel zugewandt ist. Darin ist *V* der Vorder-, *H* der Hinter-, *O* der Ober- und *U* der Unterrand.

Wir können an der Trommel eine sehr zarte nachgiebige Randzone und eine verdickte Mittelpartie unterscheiden. Die Randzone ist besonders gegen die Spitze des Ovales (Fig. 8, 9 *k*) sehr entwickelt, und verschmälert sich gegen den Unterrand, wo sie mit der hier weniger verdickten Mittelpartie zusammenfliesst. Die Mittelzone selbst ist am dicksten an ihrer oberen Spitze (Fig. 9 *d*), von wo nach vorne und hinten zwei derbe Spangen oder Rippen ausgehen, die gleichsam das Mittelfeld einfassen. An diesem unterscheiden wir un ferner eine hintere concave und eine vordere convexe nach unten stark abschüssige Partie.

Der concave Bezirk (vergl. auch Fig. 12 *c*) wird nach hinten durch eine nach innen vorspringende Spange (Fig. 9 *a*) begrenzt, während sich aus ihm nach vorne zu ein blasenartiger länglicher Höcker (Fig. 8 *m*) erhebt. Die convexe Partie zeigt bei oberflächlicher Betrachtung vier rippenartig hervorspringende, sehr derbe und durch ihre dunkelbraune Färbung von der weisslichen Umgebung sich scharf abhebende Falten, die alle an der Insertionsstelle der Trommelmuskelsehne zusammenzulaufen scheinen. Schneidet man aber die eingebogene starre und am Vorderrand stark aufgeworfene Umfassung der Trommelhaut weg, und sucht letztere möglichst flach auszubreiten, so ergibt sich hinsichtlich der Anordnungsweise und Beschaffenheit der Verdickungen des gesammten Mittelfeldes das in Fig. 9 mittelst der Hellkammer entworfene Detail. Man unterscheidet zwei Systeme von Verdickungen. Das hintere, vorzugsweise dem concaven Felde angehörige stellt im Wesentlichen eine zweischenkelige an der Spitze knopfartig verdickte Spange, resp. eine flügelartige, durch zwei Randleisten verstärkte Platte dar. Die Vorderrandleiste (Fig. 8 *b Ri'*) verlängert sich aber bis zum Unterrand der ganzen Trommelhaut, wo sie, ähnlich wie die Falten des vorderen Rippensystems, sich flügelartig verbreitert.

Letztgenanntes System besteht bei *C. plebeja* aus vier bei *C. haematodes* aus acht ($ri_1 - ri_8$) in einen gemeinsamen Stamm sich vereinigenden Rippen (ri_1, ri_3, ri_4), in deren Zwischenfurchen kurze, aber ziemlich breite schienenartige und so gut wie die Rippen nach aussen gebogene verdickte Zwischenstücke (z_1, z_2 . . .) liegen und zwar im Ganzen drei an der Zahl.

Übrigens müssen wir gleich erwähnen, dass betreffs gewisser Detailverhältnisse mannigfache individuelle Abänderungen beobachtet werden, wie denn z. B. nicht selten die vorderste Rippe (ri_3) gar nicht mit dem gemeinsamen dicken Rippenstamme sich vereinigt. Ohne Zweifel ist auch die in unserer Figur mit r_4 bezeichnete verhältnissmässig sehr langgestreckte Spange eine solche isolirte Rippe, wenigstens erscheint unter dieser auch durch die Form der genannten Verdickung gerechtfertigten Annahme die Vertheilung der noch restirenden drei Zwischenstücke z_1, z_2, z_3 eine vollkommen symmetrische.

Was nunmehr die Trommelmuskel anbetrifft, so ergibt sich deren Lagerungsweise und Gestalt aus Fig. 5 und 6 *M*. Sie inseriren sich mit sehr verbreiterter Basis beiderseits des mittleren Kammes der 1. Bauchschiene, deren seitliche flügelartige Erweiterungen sie von unten her bis zu ihrer oberen Endigung begleiten, und erstrecken sich, gleich den Schenkeln eines $\bigvee$ in etwas schiefer Richtung von hinten, unten und innen nach vorne, oben und aussen, wo sie in nächster Nähe der Trommeln an der von diesen frei in die Leibeshöhle hineinragenden Sehne (Fig. 7 *S*) angreifen. Wie Fig. 5 und 8 *M* sehen lässt, erscheint der Trommelmuskel auf der inneren Seite etwas gefurcht und bildet etwas vor der Sehne eine halsartige Verschmälerung.

Die Sehne (Fig. 9 *S*) ist ein vom mehr erwähnten Knopf des Trommelmittelfeldes entspringender hohler bandförmig abgeplatteter und gestreifter Chitinstrang, der, gegen den Muskel zu sich successive verbreiternd, schliesslich in eine grosse, einem japanesischen Hut nicht unähnliche, in der Mitte mit einem länglichen Höcker versehene Scheibe übergeht, die den einzelnen Faserbündeln des Muskels hinlängliche Angriffspunkte darbietet. Der längere Durchmesser dieser Scheibe misst circa 3 Mm., die Länge des bandförmigen Sehnenabschnittes 1·5 und deren Breite am Ursprung 0·08 Mm.

Dieser Sachverhalt lehrt uns, dass Lepori ganz im Irrthum ist, wenn er meint, dass die bandförmige Sehne (*tendinetto nastriforme*) mittelst zahlreicher Fasern an der Umgebung des Trommelhäutchens angewachsen sei. Die eigentliche Ursprungsstelle dieses sehnigen Bandes erkennt man schon äusserlich in Gestalt eines kleinen elliptischen, von einem schmalen Ring umrahmten weisslichen Grübchens (Fig. 8 *a*).

Die ganze Endigungsweise des Trommelmuskels gleicht auf ein Haar jener der meisten Flügelmuskeln, wo also auch ein verhältnissmässig sehr starker Zug, wie er durch die Contration der einzelnen Muskelfasern erzeugt wird, mittelst einer im Ganzen und Grossen kegelförmigen Handhabe sozusagen auf einen einzigen Punkt, die Spitze des Kegels, applicirt wird.

Damit, was für eine strenge Einhaltung der Bewegungsrichtung unbedingt nothwendig ist, der am einen Ende ganz frei auslaufende Trommelmuskel dennoch seine Stellung unverändert beibehalte, dienen einmal die mehr erwähnten flügelartigen Stützen der 1. Bauchschiene und dann die aus Bindegewebe geformten von der Rückendecke herabsteigenden Tragbänder (Fig. 5 *a*), welche sich um den Hals der Muskeln herumlegen.

Obwohl Lepori, wie wir oben gehört haben, den Bau der Trommelhaut nur ganz im Allgemeinen beschreibt, und über die Angriffsweise des Trommelmuskels keine richtige Vorstellung hat, versichert er uns doch, es würde ein Leichtes sein, die Art der Tonproduction zu erklären.

Dagegen will es uns scheinen, dass gerade dieser Punkt der allerschwierigste sei.

Nachdem wir den Angriffspunkt der Zugkraft kennen, die in letzter Instanz als Tonerreger fungirt, haben wir auch die Richtung derselben genau zu bestimmen. Dieselbe fällt in die Gerade zu, Fig. 8 und 10, wobei man sich aber die betreffende Linie circa um 30° gegen die Tangentialebene des Angriffspunktes nach unten, d. h. gegen das Körperlumen gedreht denken muss.

Auf Grund der vorausgegangenen Detailbeschreibung des mannigfach gefalteten Trommelmittelfeldes, dessen Verdickung im Allgemeinen vom sog. Knopf gegen den untern Rand zu abnimmt, kann diese als ein flacher einarmiger Hebel bezeichnet werden, dessen lange Drehungsaxe der Unterrand ist. Zieht man den Muskel längs der gedachten Geraden an, so wird das Mittelfeld in der in Fig. 10 angedeuteten Weise nach innen bewegt und zwar am weitesten in der Gegend des Knopfes, wo die breite, dünne und leicht nachgiebige Randzone R einer solchen Bewegung keinen merklichen Wiederstand entgegensetzt.

Da Rösel die angedeutete und von Lepori reproducirte Erklärungsweise der Tonerzeugung am Cikadentrommelfell nicht genügte, stellte er die von Landois für höchst naiv gehaltene Hypothese auf, dass die von ihm als starr gedachte stielförmige Trommelmuskelsehne gleich dem Plectrum einer Zither über die saitenartigen Falten des Tympanums gestrichen würde. Und in der That hat das rippige Mittelfeld zumal jenes von *C. haemotodes* (Fig. 13), eine gewisse Analogie mit besagtem Instrumente, nur dass sich hier gleichsam die Saiten selbst erklingen machen. Gleichzeitig nämlich, während sich um den eingezogenen Knopf eine breite Falte bildet, formirt sich eine zweite auf erstere fast senkrechte (Fig. 10 und 13 *a*) und zwar gerade dort, wo die drei Spangen des vorderen Rippensystems im schlaffen Zustande die grösste Convexität haben. Indem sich nun diese Falte bildet, sieht man erstens, dass die drei Haupt- und die interpolirten Zwischenrippen in der Mitte eingeknickt werden, und zweitens, dass sie gleichzeitig folgeweise nach vorne sich bewegen und bei dieser Gelegenheit sich aneinanderreihen. Diese Bewegung rührt aber daher, dass, sobald der Knopf angezogen wird, die vordere von ihm ausgehende Rippe (Fig. 9 *d*) nach innen und zugleich unter Mithilfe der blasenartigen Erhebung (Fig. 8 *m*) nach vorne gezogen wird und indem der Druckhebel noch tiefer einsinkt, der Reihe nach die durch dünne Zwischenlagen verbundenen Hauptrippen nach sich zieht.

Im Zustand der höchsten Contraction des Muskels erscheint der dicke breite Vereinigungsstamm der drei Rippen nahezu um einen rechten Winkel aus seiner Ruhelage verrückt und wendet uns daher die schmale Seitenkante zu, während die von ihm ausgehenden Rippen zum Theile sich gegenseitig verdecken.

Der Ton, der dabei entsteht, erinnert etwas an den, welchen eine künstliche Friction der Zirpadern einer Laubheuschrecke zu Wege bringt. Wie und wo derselbe aber eigentlich entsteht, vermögen wir troz zahlreicher höchst subtiler Beobachtungen und Versuche nicht genauer anzugeben. Namentlich ist aber schwer zu constatiren, ob die Knickung der Rippen, beziehungsweise der der Zwischenstücke, oder deren gegenseitige Reibung die Hauptursache des erzeugten Tones ist. Einiges trägt hiezu übrigens auch die Faltung der dünneren, im Ganzen, wie wir wissen, ziemlich spröden Hautpartien bei.

Frühere Autoren melden, dass derselbe Ton, wie beim plötzlichen Einziehen des Trommelfelles auch beim Zurückschnellen desselben entstünde. Dies kann ich nicht bestätigen. Im letzteren Falle hört man bei der künstlichen Tonerzeugung, von der ja allein hier die Rede sein kann, oft gar nichts, oft nur ein schwaches Geräusch.

Sowie aber die an den Zirporganen der Heuschrecken künstlich hervorgerufenen Frictionslaute verhältnissmässig nur sehr schwach sind gegenüber dem Effect, den die Thiere selbst mit diesen Instrumenten hervorbringen, da ja derselbe sowie an unseren künstlichen Tonwerkzeugen vor Allem von der richtigen Handhabung abhängt, so ist es auch hier. Die Verstärkung der von den Trommeln erzeugten Töne rührt aber hauptsächlich von den zu einer hohen Ausbildung gelangten resonirenden Vorrichtungen her. Also von der Bildung der eigentlichen Trommelhöhle, vom ventralen durch die Schuppen gebildeten Hohlraume, ganz besonders aber von der grossen Tracheenblase (Fig. 5 *Bl*), die mehr als die Hälfte des gesammten Abdomens einnimmt. Wie sehr dieser durch die Spiegel mit den eigentlichen Tympanalhöhlen communicirende Raum den Schall verstärkt, können wir nach dem Verhalten bei *Pneumora* ermessen, deren Abdomen gleichfalls einen einzigen grossen Resonator vorstellt, der die relativ schwachen Frictionstöne, die durch

Reibung der Hinterbeine an ihren gezähnelten Seitenkanten erzeugt werden, ganz ausserordentlich schallend macht.

Hier fügen wir nun auch die wesentlichsten Resultate der Experimente an, welche Lepori betreffs der Cikadenmusik angestellt hat.

E. 1. Die theilweise oder völlige Entfernung der Ventralschuppen soll keinerlei Veränderung der Lautäusserungen veranlassen.

E. 2. Das Gleiche gilt hinsichtlich der Zerstörung der Spiegellamellen.

E. 3. Man kann die Rückendecke und die Eingeweide bis auf die Trommelmuskeln entfernen, ohne die Lautäusserungen wesentlich zu alteriren. —

E. 4. Durch partielle Abtragung des Trommelmuskels wird der Ton geschwächt, schneidet man den einen Muskel durch, so bleibt der andere in voller Activität. —

E. 5. Durch Einträpfeln von Öl in die Trommelhöhle wird der Ton sehr herabgestimmt und schwankend.

E. 6. Verkleben aller (?) Stigmen soll ohne besonderen Einfluss sein.

Aus dem 1. und 2. Experiment folgt, was wir aus morphologischen Gründen erschlossen haben, dass weder die Ventralschuppen, noch die Spiegel wesentliche und unbedingt nothwendige Bestandtheile des ganzen Stridulationsapparates sind. Es lässt sich ohne genauere akustische Experimente zwar nicht sagen, dass diese Gebilde ohne Einfluss auf die Tonbildung sind; es ist aber eine Thatsache, dass die Spiegel, wie einerseits deren Vorkommen bei den gänzlich stummen Weibchen und andererseits deren mit den Respirationsbewegungen zusammenfallenden Lageveränderungen darthun, in erster Linie nur den Zweck haben, die Athmungsbewegungen zu erleichtern, und diesbezüglich erinnern sie ganz und gar an die für akustische Trommelfelle ausgegebenen Hautstellen der Schnarrheuschrecken, bei denen, wie leicht zu beobachten, eine ähnliche Accomodation Statt hat.

Auch die relativ bedeutendere Entfaltung der Spiegel bei den Männchen muss nicht nothwendig mit dem Stridulationsapparate zusammenhängen. Es kann als ein fast allgemein giltiges Gesetz angenommen werden, dass bei den im Ganzen weit lebhafteren Männchen die Respirationsorgane und namentlich die auf die Flugfähigkeit berechneten blasenartigen Tracheenausweitungen stärker als bei den Weibchen entwickelt sind, wie dies in unserem Falle am anschaulichsten die in Fig. 5 und 6 abgebildeten Längsdurchschnitte durch ein weibliches und männliches Individuum darthun.

Beim Weibchen (Fig. 6) ist der grösste Theil des bei den Männchen von der grossen Tracheenblase occupirten Raumes vom Eierstock (*o v*) in Anspruch genommen.

Mit dem Volum der Luftsäcke muss sich aber auch die Oberfläche der zur Athmungsregulirung bestimmten Membran, also der Spiegel, vergrössern.

Andererseits liegt es aber auch auf der Hand, dass die grossen Ventralschuppen vornehmlich zum Schutze der überaus zarten und sehr exponirten Spiegelhäute vorhanden sind, beziehungsweise schrittweise mit diesen sich vergrössert haben.

Mit dem Gesagten reducirt sich also der anscheinend so complicirte Stridulationsapparat der Cikaden auf die beiderseitigen der ersten Dorsalschiene angehörigen gerippen Häutchen, und die durch ein besonderes Gestell getragenen Muskeln, welche diese in Bewegung setzen. Von diesen wesentlichen Tympanalgebilden findet sich aber, wenigstens bei den Weibchen von *C plebeja* keine Spur vor.

Im Vorstehenden sind, wie man sieht, nur die Hauptlineamente gezogen, von denen nun an der Hand eines möglichst reichen Materials zu einer vergleichend morphologischen Betrachtung fortzuschreiten wäre [1].

Es wurde oben auf das Allerbestimmteste nachgewiesen, dass die Trommelfelle der Cikaden genau dieselbe Lage wie jene der Acridier haben, nämlich dass sie als modificirte Seitenpartien der ersten Dorsalschiene zu betrachten sind und wir haben weiter vernommen, dass auch deren Überdachung mit jener den

---

[1] Vergl. den Anhang am Schlusse.

Acridiertympanis eigenthümlichen Verschallung übereinstimmt, nur dass der accessoiische Theil, nämlich der Deckel, hier vom 2. Ringe ausgeht. Wir haben es also hier, wenigstens insoweit wir den anatomischen Befund der fertigen Organe ins Auge fassen, mit einer sogenannten completen speciellen Homologie zu thun.

Es gibt nun zwar bekanntlich Beispiele genug, dass morphologisch vollkommen gleichwerthige Gebilde sehr verschiedene Functionen bekleiden, man kennt aber kein Beispiel, wo das Homologon eines Schallerregers ein schallpercipirendes Organ, ein Ohr, wäre.

Stünden Cikaden und Schnarrhauschrecken einander näher, als dies wirklich der Fall ist, so würde man wohl mit einigem Grunde die Frage ventiliren dürfen, ob die vermeintlichen Acridierohren nicht doch mit den stridulirenden Cikadentrommeln auch irgend eine physiologische Beziehung also eine Analogie haben, resp. ob hier nicht am Ende gar der merkwürdige Fall realisirt sei, dass das Stimm- und Gehörorgan zu einer morphologischen Einheit verkettet ist.

Was aber einer derartigen Anschauung sehr zuwiderläuft sind folgende drei Thatsachen.

1. Dass bisher an der Trommel der Cikaden keinerlei auf eine Gehörfunction hindeutenden Nervenendigungen nachgewiesen sind.

2. Dass bei den Weibchen keine Spur einer dem männlichen Organ correspondirenden Bildung, beziehungsweise also einer schallpercipirenden Einrichtung vorkommt, während

3. bei den Acridiern sämmtliche Weibchen das betreffende Organ der Männchen besitzen, und zwar unter Umständen, die irgend eine Beziehung zur Tonerzeugung nicht zulässig erscheinen lassen.

Unter so bewandten Verhältnissen wird uns demnach schwerlich ein anderer Ausweg bleiben, als die Annahme, dass sich geau an einem und demselben Orte ganz heterogene Dinge entwickelt haben, dass also die Homologie hinsichtlich der Hautgebilde sowohl, als der bekanntlich auch den Acridiern zukommenden Tympanalmuskeln keinerlei Analogie im Gefolge hat.

II. Abdominale Tympanalorgane der Gryllodeen.

Der Insectenorganismus bietet sowohl äusserlich, an seiner chitinisirten Hautdecke, als innerlich, an den verschiedensten Werkzeugen des Lebens, eine Reihe wohl differencirter Formzustände dar, die ohne Zweifel ihren besonderen physiologischen Werth haben, der sich unseren Nachforschungen aber leider sehr häufig entzieht. Dies ist um so erklärlicher, als wir über gewisse Lebensbedürfnisse der betreffenden in ihrer ganzen Natur von den höheren Thieren sehr weit abstehenden Existenzen oft sehr im Ungewissen sind und auch die Art und Weise, wie die bekannteren Verrichtungen dieser Wesen besorgt werden, nicht selten eine ganz ungewöhnliche ist.

Andererseits verdienen aber gerade derartige Einrichtungen die besondere Aufmerksamkeit der Forscher, da uns ja erst die Entzifferung dieser problematischen Organe die innere Lebensökonomie der betreffenden Thiere erschliessen hilft.

In die Kategorie dieser zweifelhaften und erst zu enträthselnden Organe zählen nun auch jene eigenthümlichen trommelfellartigen Gebilde am Hinterleib der Gryllodeen, die wir eben mit dem indifferenten Namen abdominale Tympanalorgane belegt haben. Es ist aber noch sehr fraglich, ob die in Rede stehenden Werkzeuge überhaupt mit dem strenge so zu nennenden Tympanis eine nähere Beziehung haben und dann, wenn dies der Fall wäre, ob sie in die Gruppe der schallerregenden oder der schallpercipirenden Trommelfelle gehören.

H. Landois, dem wir die erste nähere Auskunft über diese Organe verdanken, bringt sie seltsamer Weise mit den Toninstrumenten der Cikaden in nähere Beziehung. Wir sagen seltsamer Weise, weil er trotz Kenntnissnahme der Lepori'schen Arbeit noch immer daran zu zweifeln scheint, dass die Trommeln der Cikaden die wahrhaftigen Toninstrumente dieser Thiere seien.

Er sagt: Da mir nur trockene und Spiritus-Exemplare (von Cikaden) zu Gebote stehen, so soll es meine Aufgabe nicht sein, diese noch stets brennende(?) Streitfrage (ob nämlich der Gesang der Cikaden von den Trommeln oder den Stigmen herrührt) näher zu erörtern, sondern ich will hier die neue Beobachtung mittheilen, dass auch bei unseren hiesigen Grillen dem sogenannten (sic!) Stimmorgan der Cikaden analoge Gebilde vorhanden sind, welche von diesen Thieren nachweislich nicht zur Hervorbringung der Töne dienen, aber, wie der Verfasser am Schlusse bemerkt, ursprünglich den Zweck der Tonverstärkung gehabt haben mögen.

Wenn wir den Sinn dieser Worte recht verstehen, so soll damit Folgendes gesagt sein. Sowie die Trommeln der Cikaden nicht die eigentlichen schallerregenden, sondern höchst wahrscheinlich nur schallverstärkende Organe sind, so verhält es sich auch mit den Tympanalorganen der Grillen, die somit den Cikaden trommeln analog sind, dieses Wort in seiner heutigen physiologischen Bedeutung genommen. Die fraglichen Einrichtungen der Gryllodeen sollten also der, wie sich gezeigt hat, vollkommen irrthümlichen Anschauung Landois' über die Cikadentrommeln als Stütze dienen.

Diese Analogie, welche also von vorne herein auf falschen Voraussetzungen beruht, sucht Landois durch die morphologische Convergenz, durch die Homologisirung der betreffenden Organe darzuthun. Seinen diesbezüglichen hauptsächlich der Werre entnommenen anatomischen Daten entnehmen wir Folgendes:

Die fraglichen, von ihm ihrer Gestalt halber als löffelförmige Organe bezeichneten Gebilde (Fig 6 T) liegen in der lateralen Gelenkshaut am Grunde des Abdomens. Mit seiner Basis liegt das löffelförmige Organ der oberen (dorsalen) Bogenhälfte des 2. Hinterleibsringes (r_2) dicht an, die Vorderseite (l) hingegen ist schräg zwischen dem 4. (st_4) und 5. Stigma gelegen. „Demnach ist es der Lage nach ganz analog (!) dem gefälteten Häutlein der Cikaden." Das Organ, fährt dann Landois fort, bildet einen Halbring, an dessen convexer (dorsaler Seite) sich ein kurzer gleich dem Ring selbst stark chitinisirter Stiel (Fig. 6 E) ansetzt.

Der Halbring selbst ist mit einer äusserst zarten und „völlig glatten" (?) Haut ausgekleidet, in dessen etwas gewölbter Mitte (?) ein kleiner vertiefter Längsstrich, an welchem sich ein Muskel inserirt, erkannt wird. Dieser Muskel (Fig. 10 TM), platt wie die übrigen Bauchmuskeln und aus circa 50 (?) Primitivfasern bestehend, inserirt sich nach Landois am Vorderrand des 1. Hinterleibsringes. Sein Verhältniss zu den übrigen Hinterleibsmuskeln und seine Bestimmung soll sich nach Landois' Versicherung aus dessen Figur 2 ergeben.

Wir können indess nicht umhin, zu bemerken, dass man sich aus dieser Abbildung keinen Begriff von der Natur des erwähnten Muskels machen kann, und dass solche Muskelbündelketten, wie sie Landois neben dem gleichfalls ungenau dargestellten Bauchmark zeichnet, nicht blos bei der Werre nicht existiren, sondern in dieser naturwidrigen Anordnung bei keinem Arthropoden vorkommen.

Wenn Landois trotzdem behauptet, die Musculatur stimmt daher mit jener der Cikaden überein, so ist dies wohl nicht ernst zu nehmen. Landois untersuchte ausser der Werre auch die Feldgrille und das Heimchen und bemerkt mit Recht, das bei letzterem, namentlich der Hausgrille, die Dimensionen des löffelförmigen Organes relativ geringer als bei *Gryllotalpa* sind. Aus dem Umstande nun glaubt er unter gleichzeitiger Berücksichtigung der Stärke der von diesen Thieren mittelst der Flügelzirpadern gemachten Lautäusserungen den Schluss ziehen zu dürfen, dass der Grad der Ausbildung der löffelförmigen Organe in einem umgekehrten Verhältniss stehe zur Stärke der Lautäusserungen. „Wir sind demnach anzunehmen berechtigt, dass, je mehr der Tonapparat bei den Grillen sich entwickelte, die stimmverstärkenden Organe verkümmerten, da sie als nutz- und zwecklos von den Individuen nicht gebraucht worden sind."

Wie man sieht fehlt, für die Begründung dieser Hypothese die Hauptsache, nämlich der Nachweis, ob und wie die beschriebene Einrichtung zur Tonverstärkung etwas beitrage [1].

Da wir gänzlich ausser Stand sind, die Function der fraglichen Gebilde durch die Beobachtung oder durch Versuche zu ermitteln, so bleibt uns, ähnlich wie bei den tympanalen Sinnesapparaten, kein anderer

---

[1] Dabei muss jedenfalls auch der Umstand sehr auffallend sein, warum Landois auf den Muskel des löffelförmigen Organes überhaupt ein Gewicht legt, da jener der Cikade wegen seiner starken Chitinisirung (!) gar nicht contractil sein soll. Und weshalb, muss man auch fragen, lässt Landois das löffelförmige Organ nutzlos werden, nachdem die Stridulationsorgane entfaltet sind. Bevor dies der Fall ist, d. h. bevor die Zirpadern Töne erzeugen, kann ja doch ein tonverstärkender Apparat keinen Sinn haben.

Ausweg, um dieser auf die Spur zu kommen, übrig, als eine möglichst eingehende und zugleich vielseitige anatomische Untersuchung, welche möglicherweise Anhaltspunkte liefert, aus denen wir den Gebrauch dieser Theile mechanisch erklären oder durch Vergleichung mit ähnlich gelagerten oder gebauten und ihrer Bestimmung nach bekannten Einrichtungen zu erschliessen.

Nun haben wir ausser einigen einheimischen Grillenformen allerdings auch etliche exotische und ersteren systematisch sehr ferne stehende Gryllodeen untersuchen können, allein gerade die letzteren lieferten uns den Beweis, dass hier, sowie allerwärts im Reiche der Organismen, grosse Mannigfaltigkeit herrscht, in der sich aber vermuthlich nur dann eine bestimmte Gesetzmässigkeit und Abhängigkeit der Formen nachweisen lässt, wenn man eben einen Überblick über sämmtliche Gestaltungsreihen hat, während sonst die Verwirrung nur vermehrt wird.

Orientiren wir uns vorerst über die Lagerung unserer Organe. Im Gegensatze zu den Tympanis der Cikaden und Acridier, welche aus einer Differenzirung der seitlichen Theile der Rückenschiene des 1. Hinterleibsringes hervorgehen, sind die trommelfellartigen Gebilde der Gryllodeen modificirte Stellen jener nachgiebigen meist in mehrere Falten gelegten seitlichen Gelenkshaut (Fig. 18 *bf*), welche die derberen Chitinskelettplatten der Rücken- (*ab*) und Bauchfläche (*gh*) beweglich miteinander verbindet. Theoretisch müssen diese weich gebliebenen Seitentheile der Leibesringe den sog. Weichen oder Pleuren des Thorax verglichen werden. Dies ergibt sich nämlich einerseits aus der Lage der Stigmen, die in ihrer Aufeinanderfolge (Fig. 1 st_2, st_3, st_4 u. s. w.) die Seitenlinie des Körpers bezeichnen und andererseits aus der Beschaffenheit der Musculatur, welche in dieser Region aus vom Rücken- zur Bauchfläche sich erstreckenden, also mehr minder queren Bündeln besteht, die aber an der Brust, wo sie theils zur Bewegung der ventralen Seitenaxen des Körpers oder der Beine, theils zu jener der dorsalen Anhänge oder Flügel dienen, gleich den bezüglichen Hautskeletttheilen selbst, die ihnen zum Ansatz dienen, weit stärker entwickelt sind, als an den Lateraltheilen des Hinterleibes, wo sie vornehmlich nur die rythmischen Athembewegungen zu besorgen haben und deshalb als Respirationsmuskeln (Fig. 18 re_1, re_2, re_3) bezeichnet werden können. Während bei den meisten Gryllodeen, z. B. *Brachytrupes*, die zwischen den Rücken- (Fig. 1 r_1, r_2...) und Bauchschienen (b_1, b_2...) interpolirten Membranen (*g*) weniger als selbstständige Ringabschnitte, denn als blosse Verbindungshäute sich darstellen, müssen sie bei anderen, z. B. *Tridactylus* (Fig. 3) in der That als integrirende Bestandtheile, als den Lateralstücken der Thoraxringe vollkommen ebenbürtige Bildungen aufgefasst werden.

Man bemerkt nämlich, wie auch bei manchen anderen Insecten statt der einfachen von Ring zu Ring continuirlich fortlaufenden Haut eine Reihe den Dorsal- und Ventralschienen genau entsprechender derber und daher dunkelbraun erscheinende Chitinplatten (l_1, l_2, l_3...), die von ersteren durch dünne glashelle Zwischenlagen, die hier strenge so zu nennenden Gelenkshäute getrennt werden. Da diese Lateralstücke, wenigstens vom 3. Ring an, auch die Stigmen tragen (st_3), so wird deren morphologische Ähnlichkeit mit den Pleuren der Brust noch erhöht.

Dieser Sachverhalt ist für die morphologische Qualificirung der diesen Seitenplatten angehörigen Tympanalorgane keineswegs gleichgiltig.

Man hat sich nämlich zu erinnern, dass die der Seitenlinie angehörigen Hinterleibsstigmen bei den Acridiern nicht in der eigentlichen hier nur schwach entwickelten Gelenksfalte (Fig. 19 *f*) liegen, sondern am unteren Ende der Dorsalschiene (*ae* bei *st*). Ist es nun nicht mehr als wahrscheinlich, dass die scharf abgesonderten Lateralplatten von *Tridactylus* und der gleichwertige Theil der Lateralmembran der Gryllodeen überhaupt (in Fig. 19 also der ganze Abschnitt *be*) dem unteren, richtiger dem lateralen Theil der Dorsalschienen der Acridier entspricht, und somit auch die Tympana der ersteren den Trommelfellen der letzteren wirklich homolog, beziehungsweise homodynam sind[1]? Wir sagen homodynam, weil die Tympanal-

---

[1] Wir machen übrigens auch darauf aufmerksam, dass bei manchen Acridiern, z. B. *Paramycus* der stigmentragende Lateraltheil von der Dorsalschiene sich vollkommen losgetrennt hat und ein den Gryllodeen vollkommen gleichendes Verhalten zeigt.

organe der Gryllodeen nicht wie jene der Acridier dem 1., sondern dem 2., beziehungsweise dem 3. Metamer zugehören.

Die Sache liegt so. Der erste Hinterleibsring der Gryllodeen und der mit Sprungbeinen versehenen Orthopteren überhaupt ist verhältnissmässig sehr wenig entwickelt oder richtiger gesagt, behufs der Verstärkung und Consolidirung des Metathorax, der zur Befestigung und Dirigirung seiner kolossalen Ventralanhänge einen solchen Succurs sehr nothwendig hat, mit diesem derart vereinigt, dass nur ein kleinerer oder grösserer Abschnitt der Rückenschiene sich selbstständig erhält, während die Lateral- und Ventraltheile ganz in jene der Hinterbrust aufgegangen sind, aber so, dass die Stelle, an der die Bauchschiene des bezüglichen Ringes (Fig. 1 und 7 b_1) mit dem Sternum des Metathorax zu einem einzigen grossen Brustschilde sich vereinigt hat, durch einen vertieften Querstrich markirt erscheint. Mit dem Ausfall der Lateralabschnitte ist natürlich auch das Stigma des 1. Ringes überflüssig geworden, oder richtiger, es functionirt das Metathoraxstigma (Fig. 1 und 4 st_3) an dessen Stelle.

Die folgenden Ringe haben dagegen die complete Ausrüstung, und trägt jeder auch sein besonderes Stigmenpaar. Gewöhnlich liegen die Stigmen ungefähr in der Mitte der Ringe (Fig. 1, 2, st_4, st_5), es kommen indess auch mancherlei Unregelmässigkeiten vor. So fällt das erste Abdominalstigma von *Tridactylus* (Fig. 3 st_4), das zudem nicht wie das 2. (st_5) auf der eigentlichen Lateralplatte, sondern auf einer besonderen Verdickung der oberen Gelenkshaut seinen Platz nimmt, ganz an die vordere Grenze des 2. Ringes, und etwas Ähnliches findet bei *Phalangopsis* (Fig. 4 st_4) statt.

Das fragliche Organ befindet sich nun in der Regel zwischen dem 1. und 2. Abdominalstigma und zwar unter Verhältnissen, dass man oft nicht gut entscheiden kann, ob es dem 2. oder 3. Ringe angehört.

Es scheint überhaupt, als ob das Tympanalorgan nicht an eine bestimmte Stelle gebunden wäre. So gehört es beim Heimchen (Fig. 12 *T*) ganz entschieden dem 3. Segmente an, während bei *Phalangopsis* (Fig. 14) und *Tridactylus* (Fig. 3 *T*) dasselbe entschieden dem vorhergehenden Ringe zuzurechnen ist. Selbst das Lagerungsverhältniss zu den benachbarten Stigmen ist keineswegs ein constantes. In der Regel nimmt es allerdings, wie bereits erwähnt, so ziemlich die Mitte zwischen dem 1. und 2. Abdominalluftloch ein, bei *Mogoplistes* und *Tridactylus* dagegen, bei denen die Tympana auch gestaltlich vom gewöhnlichen Typus abweichen, liegen sie hart unter dem 1. Abdominal-, beziehungsweise also dem 4. Leibesstigma (Fig. 3 und 14 *T*, st_4).

Was nun die äussere Gestalt und Beschaffenheit unserer Tympana betrifft, so treten hier neben einer sehr eigenthümlichen typischen Bildung allerlei Abweichungen zu Tage, über deren physiologischen Werth wir kaum Andeutungen zu geben vermögen.

Gehen wir von der Tympanis der Werre aus. Man hat Zweierlei zu unterscheiden. Eine sehr dünne, pigmentlose und auch durch ihre Haarlosigkeit von der Umgebung abstechende und scharf umschriebene Hautstelle, das eigentliche Trommelfell (Fig. 6 *T*), und dann die dasselbe von oben und hinten her umspannende in einen breiten Stiel auslaufende Einfassung (*E*). Das Trommelfell von ungefähr ovaler Gestalt mit nach vorne gerichteter Spitze hat einen fast gerade abgeschnittenen Unter- und einen bogenförmig gekrümmten Ober- und Hinterrand. Die Farbe ist vom darunterliegenden und durchscheinenden Fettkörper bei auffallendem Lichte talgweiss, wodurch sich das Trommelfell von der bräunlichgelben Umgebung gut abhebt. Das Trommelfell ist, selbst unter dem Mikroskop betrachtet, ganz glatt aber nicht vollkommen eben, sondern schwach convex. Nahe dem Unterrande, der kantenartig über eine nach innen sich stülpende Hautfalte (Fig. 18 *st*) hervorragt, sieht man einen mit diesem parallellaufenden linearen Eindruck, beziehungsweise also eine schwache nach innen vorspringende Leiste, die dem bewussten Muskel als Angriffsstelle dient.

Die Einfassung des Trommelfelles ist, wie schon bemerkt, eine einseitige, indem sie nur den Ober- und Hinterrand umgibt. Bei der Werre sieht sie einer kurzen breiten Gabel mit zwei ungleich langen und in einem Bogen in einander übergehenden Zacken ähnlich, die eine Art Halbring (Landois) formiren. In ihrer Beschaffenheit gleicht die Einrahmung vollständig jener der derberen Skeletpartien. Die Ränder der Einfassung sind aber verhältnissmässig noch dicker als diese, was schon aus ihrer dunkleren, fast schwarzen Farbe abzunehmen ist.

Diese von den Rahmen der Acridier- und Cikadentympana sehr abweichende Umrahmung dürfte nicht ganz nebensächlicher Natur sein, da sie sich bei den verschiedensten Gryllodeenfamilien wiederholt. So finden wir sie ausser bei den Gryllusarten (Fig. 11, 12, 13) namentlich auch bei der ziemlich isolirt stehenden Gattung *Phalangopsis* (Fig. 5) wieder, wo sie aber, ähnlich wie bei *Gryllus apterus* (Fig. 13), die hintere Zirke verloren hat, indess das Gebilde bei *Gryllus domesticus* und *campestris* (Fig. 11, 12 *E*) eine mehr drei-eckige Gestalt annimmt. Bei *Platydactylus* und *Brachytrupes* scheint eine besondere stärker chitinisirte Ein-fassung ganz zu fehlen, während das schöne, vollkommen glatte und nahezu kreisförmige Trommelfell von *Mogoplistes* (Fig. 14) an seiner Oberseite von einem ganz schmalen Rahmen umgeben ist.

Betreffs der Beschaffenheit des Trommelfelles sei dann noch Folgendes hervorgehoben. Bei *Phalangopsis* (Fig. 4) ist es auffallend stark convex, uhrglasartig gewölbt, im Übrigen aber von länglicher Form, während die schon erwähnten Trommelfelle von *Mogoplistes* und *Brachytrupes* mehr rundlich erscheinen. Bei letzterer Gattung ist die Insertionsleiste des Tympanalmuskels (Fig. 2) sehr schön ausgeprägt.

Nur selten, wie bei der Werre und *Mogoplistes*, sind die Trommelfelle vollkommen glatt, sonst finden sich ausser schwachen Fältelungen, die aber z. Th. durch die Präparation erzeugt sein mögen, allerlei oft höchst zierliche Sculpturen und meist auch ein dichter und spärlicher Besatz mit längeren oder kürzeren Härchen, wie wir solche ja auch an den Trommelfellen der Acridier häufig beobachten. Verhältnissmässig sehr rauh erscheinen zumal die Trommelhäutchen von *Phalangopsis*, die über und über mit kleinen Stiftchen besäet sind, als auch jene der meisten *Gryllus*-Arten, die vorwiegend kleinschuppiger Natur sind [1].

Die Tympana von *Tridactylus* verdienen noch einer besonderen Erwähnung. Sie stellen sich als eiför-mige Ausschnitte der 2. Lateralplatte (Fig. 3 *T*, l_2) dar, die mit einer zarten glashellen Membran ausgeklei-det sind, in deren Mitte, näher dem Hinterrande, eine stärker chitinisirte, das Tympanum im Kleinen nach-ahmende bräunlichgelbe Stelle sich findet, die zweifelsohne dem Tympanalmuskel als Handhabe dient.

Eine Vergleichung der betreffenden Lateralplatte (l_2) mit der gabelförmigen Trommelfelleinfassung der Werre und anderer Gryllodeen legt einem die Anschauung nahe, dass man es hier mit homologen Theilen zu thun habe, dass also mit anderen Worten die Trommelfellrahmen der genannten Thiere nur eigen-thümlich differenzirte und den jeweiligen Zuständen der Tympana angepasste Lateralplatten seien.

Die Grössenverhältnisse der Tympana einiger Grillen sind aus nachstehender Tabelle zu entnehmen und machen wir vorläufig nur noch darauf aufmerksam, dass bei *Oecanthus* und *Orocharis* keine Spur dieser Organe entdeckt werden konnte.

Die Tabelle, welche selbstverständlich nur den Anfang einer umfassenderen Zusammenstellung geben soll, sagt uns, dass die zirpende Werre und die, so viel man weiss, stumme *Phalangopsis* aus Zanzibar weitaus die grössten Abdominaltympana besitzen, während *Tridactylus* (6·6!) und *Mogoplistes*, beide stumm, die kleinsten besitzen. Die von Landois behauptete Proportionalität zwischen der Stärke des Zirpvermögens und den Dimensionen des Trommelfelles, lässt sich aus den gegebenen Daten vernünftigerweise nicht näher begründen.

---

[1] Anmerkungsweise sei erwähnt, dass man die fraglichen Organe bei manchen Grillen desshalb nur sehr schwer unter-scheiden und ihre Gegenwart constatiren kann, weil sie öfters eine starke pigmentirte Matrix haben. Bei der Werre, sowie bei den meisten im Dunkeln lebenden Thieren ist das Hautpigment überhaupt sehr spärlich.

Name	Abstand zwischen d. 4. und 5. Stigma = A.	Länge des Trommelfelles = T.	$\frac{A}{T}$	Anmerkungen
Gryllus campestris	1·32	0·83	1·6	zirpt
Gryllus domesticus	1·10	0·66	1·6	„
Gryllotalpa vulgaris	2·58	2·16	1·2	„
Platydactylus von Amboina	1·25	0·81	1·5	„
Brachytrupes megacephalus	1·66	1·01	1·7	„
Orocharis	0·92	ohne Trommelf.	—	„
Oecanthus pellucens	0·75	„	—	„
Tridactylus apicalis	0·33	0·05	6·6	stumm
Phalangopsis aus Zanzibar	1·01	0·80	1·2	„
Mogoplistes brunneus Serv.	0·50	0·22	2·3	„
Gryllus apterus	1·25	Trommelf. sehr schwach	—	„

Wir kommen nun auf den inneren Bau und vornehmlich die Musculatur der Trommelfellgegend, wobei wir uns vorzugsweise an die Werre halten.

Von den specifischen Nervenendigungen der Acridiertrommelfelle abgesehen, bieten sich hier ganz ähnliche Verhältnisse dar. Das Trommelfell wird von einer mehr weniger pigmentirten, aus deutlichen polygonalen Pflasterzellen bestehenden Matrix überzogen, an die sich nach innen zunächst der flächenhaft ausgebreitete, lappige, von undurchsichtigen Concrementen strotzende Fettkörper (Fig. 10 *F*) anschliesst. Darüber lagert dann, das Trommelfell vollkommen bedeckend, eine flache Tracheenblase, die mittelst eines aus starken Röhren gebildeten Tracheennetzes mit den zwei benachbarten Stigmen in Verbindung steht. Namentlich mit Rücksicht auf diese Verhältnisse können unsere Organe mit jenen der Acridier homologisirt werden.

Übrigens haben die Gestaltungs- und Lagerungsverhältnisse der Respirationswerkzeuge der Tympanalgegend so wenig wie dort vor den nächstfolgenden Segmenten irgend etwas Besonderes voraus.

Hinsichtlich der Musculatur verweisen wir zunächst auf das in Fig. 8 mit ängstlicher Sorgfalt copirte Präparat einer längs des Rückens geöffneten Werre. Man erhält ein Bild der Musculatur des Meso- (B_2) und Metathorax (B_3), sowie der ersten 4 Leibesringe, deren in der Mitte getrennte Dorsalstücke seitwärts neben der Bauchfläche zu suchen sind. Die Blosslegung der uns speciell interessirenden Lateralmuskeln des 2. und 3. Ringes kostet einige Mühe, da diese Region ganz von Tracheen umsponnen ist (in der Figur links). Die benachbarten Ventralmuskeln werden zudem von jener zwischen den lateralen Gelenksfalten (*f*) ausgespannten Muskelplatte dem sog. ventralen Diaphragma verhüllt, von der wir seiner Zeit bewiesen haben, dass es den darunter liegenden Raum zu einem pulsirenden Blutsinus macht. Rechts ist dieses Diaphragma [1] z. Th. entfernt, um die den Lateralmuskeln angrenzenden Ventralmuskeln zu sehen. Der die seitliche Hautfalte des 2. Ringes in diagonaler Richtung überspannende Trommelmuskel (*TM*) ist gleichfalls sichtbar.

Letzterer, sowie seine nächste Umgebung ist in Fig. 9 separat dargestellt. Hier fallen zunächst die grossen, bandförmigen Segmentalmuskeln (*ba*) auf, welche die Seiten der Bauchplatten einnehmen. Näher der Ventralmittellinie bemerkt man dann in jedem Segmente einen platten flügelartigen Muskel (*fl*), dessen Fasern, in kleinere Bündel zusammengefasst, von einem Punkte ungefähr in der Mitte der Segmente auslaufen und sich am Hinterrande derselben inseriren. Ähnliche aber quer verlaufende Muskeln (*fl'*) entspringen an den Grenzen der bandförmigen. Es sind das die den sog. Herzflügelmuskeln entsprechenden Faserbündel des erwähnten Ventraldiaphragmas.

Rechter Hand sieht man die aus parallelen, schmalen Bündeln zusammengesetzten Hautmuskellagen der Rückenschienen, die dorsalen Segmentalmuskeln. Zwischen beiden, den dorsalen und ventralen Bündeln er-

---

[1] Wir machen darauf aufmerksam, dass diese Muskelplatte bei der Werre aus einem zierlichen Netzwerke, bei der Feldgrille dagegen aus durch sehniges Bindegewebe verknüpften einfachen queren Faserbündeln besteht.

kennt man dann die in mehrere Falten gelegte laterale Gelenkshaut sammt dem Trommelfell (T) und dessen Einfassung (E), welches z. Th. von letzterer überragt wird. In dieser Gegend hat man nun dreierlei Muskeln zu unterscheiden:

1. Solche, welche nur die unterste Hautfalte überbrücken (re_2). Diese halb ringartigen Muskeln ziehen, wie man aus dem bezüglichen Querschnitt in Fig. 18 (re_2) abnehmen kann, die unterste Hautfalte (e) nach innen und unten.

2. Muskeln (re_3), die sich zwischen der am meisten nach innen vorspringenden Hautfalte (Fig. 18 st) und der Seitenlinie der Rückenschiene (Fig. 18 b) erstrecken. Sie tragen gleichfalls zur Einstülpung der Gelenkshaut bei.

3. Hat man endlich Muskeln zu verzeichnen (re_1), welche, die ganze Breite der Gelenkshaut überbrückend sich zwischen den Seitenrändern der Bauch- und Rückenschiene ausspannen. Dies sind die strenge so zu nennenden Dorsoventralmuskeln, welche eine directe Annäherung der genannten Skelettheile bewirken.

Aus dem Umstande, dass wenigstens einer der letzt bezeichneten Muskeln auf der Spitze der stielartigen Trommelfelleinfassung Posto fasst, dürfen wir wohl mit Sicherheit schliessen, dass in dieser auffallenden Cuticulardifferenzirung eine specielle Anpassung nicht an das Trommelfell, sondern an die davon unabhängige Lateralmusculatur vorliegt.

An der trommelfellartigen Membran selbst entspringt nur ein einziger Muskel (Fig. 9, 10, 11 TM). Die Angriffsstelle dieses bandförmigen Muskels, der an Stärke und anderweitiger Beschaffenheit am meisten an die vorbeschriebenen Dorsoventralmuskel erinnert, liegt, wie wir schon wissen, bei den meisten Gryllodeen wenigstens, nahe dem Unterrande, nur bei *Tridactylus* näher der Mitte. Die Insertionsstelle dagegen, ist namentlich bei der Werre schon äusserlich leicht zu erkennen in Gestalt einer braunen Schwiele an den Seitenecken des Vorderrandes des 2. (und nicht ersten [Landois]) Hinterleibssegmentes (Fig. 7 J.) Sie liegt also unmittelbar hinter der Basis der Hinterbeine in der Tiefe jener Grube, welche von der zarten Gelenkshaut der Hüfte gebildet wird.

Unter sorgsamer Berücksichtigung sämmtlicher hier obwaltender Verhältnisse wird man sich kaum der Überzeugung verschliessen können, dass unser Tympanalmuskel (vergl. auch TM in Fig. 18) mit in die Kategorie der lateralen Gelenksmuskeln gehört und speciell den mit re_2 bezeichneten Bündeln nahe kommt. Diese vorzugsweise aus der Lagerungsart entnommene Anschauung erhält noch mehr Wahrscheinlichkeit, wenn man am lebenden Thiere die Beobachtung macht, dass gerade die Gelenkshaut hinter den Beinen, welche eben vom Tympanalmuskel überbrückt wird, behufs der Respiration sehr stark nach innen gezogen wird.

Hingegen lässt sich eine nähere Beziehung dieses Muskels zu dem sog. Trommelfellspanner der Acridier und dem Stridulationsmuskel der Cikaden anatomisch wenigstens nicht näher begründen, als eben damit, dass sämmtliche dieser Muskel in die Gruppe der queren Bündel gehören.

Hier sei noch der Verschlussmuskeln der Stigmen Erwähnung gethan. Im Gegensatze zu der bekannten Angabe Landois, dass zu dem Zwecke stets nur ein Schliessmuskel (Fig. 10 an) vorhanden sei, der am griffelartig verlängerten Verschlusshebel (Fig. 15 a) angreift und sich an einem höckerartigen Fortsatz des sog. Verschlussbügels (b) inserirt, findet man bei den Gryllodeen durchgehends auch einen besonderen Abzieher oder Öffnungsmuskel (Fig. 10 ab), der, parallel neben dem Tympanalmuskel verlaufend, gemeinschaftlich mit diesem an der erwähnten Chitinleiste sich anheftet.

Bei meinen wiederholten Nachforschungen über diesen Gegenstand ist es mir sogar gelungen, noch einen dritten Muskel (Fig. 10, 15 c) ausfindig zu machen, der sich, gleich dem strenge so zu nennenden Schliessmuskel am erwähnten Fortsatz des Bügels anheftet und hart neben dem Abziehmuskel gelagert, diesen bis zu seiner bekannten Insertionsstelle begleitet. Der eigentliche Schliessmuskel (Fig. 10 an), der den Hebel dem Bügel nähert und der letzterwähnte oder Bügelmuskel (c), der den Bügel gegen den Hebel hinzieht, arbeiten sich offenbar gegenseitig in die Hände.

Es dürfte sich gewiss der Mühe verlohnen, diesem höchst interessanten und bisher einzig dastehenden Mechanismus auch bei anderen Insectengruppen nachzuforschen.

Es erübrigt uns noch einen Blick auf die Innervirung der Tympanalregion zu werfen, deren genaue Entzifferung viele Geduld gekostet hat.

Die Vertheilung der Bauchmarksganglien bei der Werre ist folgende. Die drei grossen Brustknoten liegen an der gewöhnlichen Stelle. Das 1. Abdominalganglion, dem Metathoraxknoten hart angelagert und mit diesem von einem dornartigen Auswuchs des Sternums (Fig. 8 *do*) und den seitlich daran sich inserirenden Hüftmuskeln ganz verdeckt und auch in unserer Figur unsichtbar, findet sich ganz am Vorderrande der ersten Bauchschiene. Das 2. Ganglion (Fig. 8 g_2), von Landois gänzlich übersehen, nimmt die Mitte der 1. Bauchschiene ein. Das 3. Ganglion (g_3) liegt mit Überspringung des 2. Segmentes in der Mitte des 3., das 4. auf der Mitte des 5. und endlich das 5. Ganglion auf der Mitte des 8. Ringes [1].

Die von den ersterwähnten Knoten ausgehenden Spinalnerven vertheilen sich so.

Das Metathoraxganglion innervirt, von der Hinterbrust abgesehen, den ganzen ersten Ring und den grösseren Theil des zweiten. So geht speciell der Nerv *a* desselben (Fig. 9) zum Tympanalmuskel, zum Stigmenverschlussapparat und gibt einen Ast für die Dorsalmusculatur des 2. Ringes ab.

Daraus folgt also, dass die Abdominaltympana der Gryllodeen, obwohl im 2., beziehungsweise 3. Ring gelegen, dennoch, genau so wie jene der Acridier vom Metathoraxganglion aus innervirt werden.

Näheres Detail gibt noch Fig. 10. Ähnlich wie bei den Schnarrheuschrecken theilt sich der zum Tympanum gehende Nerv (*N*) in zwei Hauptäste, wovon sich einer an den Verschlussmuskeln des bezüglichen (4.) Stigmas weiter vertheilt, während der andere Zweig direct auf das Trommelfell losgeht, aber, und darin liegt der gewichtige Unterschied im Vergleich zu den Acridiern, nicht unverzweigt und in eine specifische Endigung auslaufend, sondern vielfach nach der Art gewöhnlicher Hautnerven sich verästelnd und mit manchen Zweigen über den eigentlichen Trommelfellbezirk hinausreichend.

Fassen wir das Wesentlichste der über unsere Organe gemachten anatomischen Mittheilungen zusammen, so haben wir es da, genau wie an den Trommeln der Acridier und Cikaden, mit einer scharf umschriebenen in einem besonderen festen Rahmen ausgespannten, elastischen Membran zu thun, deren Spannung durch einen eigenen Muskel regulirt werden kann, und die also von vorne herein für irgend eine oscillatorische Function bestimmt zu sein scheint.

Um diese aber näher zu prüfen, wollen wir uns folgende Fragen vorlegen.

1. Sind unsere Tympana schallerregende Membranen, also Analoga der Cikadentrommeln?

Für eine derartige Anschauung könnten höchstens die Tympana der der gewöhnlichen Zirporgane ermangelnden Gryllodeen, zumal jene von *Phalangopsis* sprechen, die bei ihrer starken Convexität die meiste Ähnlichkeit mit den Trommeln der Cikaden besitzen, während sie andererseits in dieser Form wenig zu anderen oscillatorischen Functionen und speciell zur Verstärkung oder Übertragung von Schallschwingungen geeignet sein möchten.

Da hingegen muss wieder constatirt werden, einmal, dass den Gryllodeentympanis jene rippenartigen Verdickungen, welche bei den Cikaden als conditio sine qua non der Schallerregung anzusehen sind, durchaus mangeln, und dann, dass keine einzige auf eine durch diese Organe verursachte Lautäusserung bezügliche Beobachtung vorliegt. Diese Frage wird also entschieden verneint werden müssen, und könnte man höchstens die weitere Frage stellen, ob unsere Organe diese Function nicht früher einmal besessen haben, heutzutage aber in einem verkümmerten Zustande sich befinden. Dagegen spricht aber gerade wieder *Phalangopsis*, bei der, da sie keine anderweitigen Stridulationsorgane hat, eine solche Rückbildung nicht gut zu begreifen wäre.

---

[1] Hofrath v. Brunner spricht in seiner jüngsten Schrift „Die morphologische Bedeutung der Segmente bei den Orthopteren (Festschrift der k. k. zool.-bot. Gesellschaft in Wien 1876) von einer Obliterirung der Ganglien in den Schlusssegmenten des Hinterleibes; es kann aber nur von einer Verschmelzung die Rede sein.

2. Sind die Gryllodeentympana schallverstärkende, resp. resonirende Membranen?

Hier müssen wir zunächst auf eine höchst auffallende Modification eines Acridiertympanums, nämlich auf jenes von *Cuculligera hystrix* aufmerksam machen, auf das wir seiner Zeit zu wenig Gewicht gelegt haben. Statt der bekannten zweischenkeligen Verdickung mit seinem zur Fixirung des Nervenendsystemes bestimmten Mittelknopfe, haben wir hier eine mit der Trommelmuskelsehne der Cikaden im Wesentlichen vollkommen identische Cuticulareinstülpung, die auch in der That als Muskelhandhabe zu fungiren scheint. Wir wissen nun zwar nicht, wie es hier mit den Nervenendigungen bestellt sei, sollten diese aber, was ich vermuthe, fehlen, so liegt hier entschieden ein den Cikadentrommelfellen physiologisch sehr nahe stehendes Organ vor, das, da die schallerregende Frictionsplatte dieser Heuschrecke unmittelbar darunter liegt, wie zu einem Resonanzboden geschaffen erscheint, wodurch also die alte Anschauung über die Schnarrheuschreckentympana wieder zu Ehren käme.

Ihrer ganzen Einrichtung nach könnten die Gryllodeentympana gewiss denselben Zweck erfüllen, wobei uns insbesondere der Umstand sehr bedeutend vorkommt, dass alle diese trommelfellartigen Gebilde in unmittelbarer Nachbarschaft eines Stigmas, resp. eines umfangreichen Luftbehältnisses liegen [1].

Hingegen muss man wieder fragen, wozu derlei schallverstärkende Membranen bei Thieren, z. B. *Phalangopsis*, *Tridactylus*, *Mogoplistes*, die keinerlei Lautäusserungen von sich geben, während sie einigen zirpenden Formen wie *Oecanthus* und *Orocharis*, die solche allenfalls brauchen könnten, ganz abgehen?

3. Haben wir es vielleicht mit acustischen Einrichtungen mit Trommelfellen im strengsten Sinne dieses Wortes zu thun?

Es wird Niemand behaupten, dass sie hiezu weniger geeignet sein sollten, als die Acridiertympana; im Gegentheil wäre die morphologische Übereinstimmung eine vollständige, wenn sich die specifischen Nervenendigungen einfänden.

Auch die gleichmässige Verbreitung der Tympana auf beide Geschlechter würde eher schallpercipirenden als producirenden, resp. verstärkenden Organen das Wort reden.

Wäre es denn bei diesem Sachverhalt nicht möglich, dass sich bei den Gryllodeen neben den mit Sinnesnervenendigungen wohlversehenen Tibialohren, auch solche an einer den Acridiern entsprechenden Stelle ausgebildet haben, dass aber die Differenzirung besonderer Nervenendigungen noch, gegenüber dem Müller'schen Organe der Schnarrheuschrecken, sehr im Rückstand ist [2]? Gegen eine solche Auffassung spricht aber wieder folgender Umstand.

An den bezüglichen Organen der Schnarrheuschrecken tritt die Nervenendausbreitung im Laufe der individuellen Entwicklung schon sehr frühzeitig auf, während das Trommelfell selbst erst sehr spät, kurz vor der Geschlechtsreife, sich zu differenziren beginnt. Nach dem Gesetz der sog. homochronen Vererbung darf

---

[1] Man darf wohl sagen, dass die gegenüber den Acridiern um ein Paar Ringe verschobene Lage der abdominalen Gryllodeentympana durch die hier etwas andere Localisirung der Stigmen bedingt sei.

[2] In einem früheren Aufsatze: „Bemerkungen über die Gehör- und Stimmorgane der Cikaden und Grillen" (Sitzber. d. kais. Akad. I. Abth., Jahrg. 1872) drückte ich diese Anschauung folgendermassen aus:

Die ganze Frage scheint mir von nicht geringer Tragweite. Wird nämlich die schwer zu verkennende Homologie zwischen dem Tympanum der Grillen und jenem der Cikaden (mit Rücksicht auf ihren gesammten Bau, wobei speciell auch des v-förmigen Doppelmuskels zu gedenken ist) und andererseits jene zwischen dem letzteren und dem Acridiertrommelfell (wegen der gleichen Lage und der Formübereinstimmung mit dem Tympanum der Grillen) zugestanden, so hat meines Erachtens für die Ansicht, dass das Acridiertympanum ein Ohr sei, die letzte Stunde geschlagen, wenn man nicht etwa gar den Grillen, die sich bekanntlich eines Ohres an den Vordertibien erfreuen sollen, noch eines am Hinterleibe vindiciren will.

Es nimmt sich nun gewiss sehr eigenthümlich aus, wenn Landois in seinen Thierstimmen behauptet „ein österreichischer Naturforscher" hat im löffelförmigen Organe der Werre den Gehörapparat erblicken wollen, das in ganz analoger (homologer!) Weise wie bei den verwandten Grillen in den Tibien der Vorderbeine belegen ist.

Wir wären Landois für eine nähere Beschreibung der letzteren viel dankbarer gewesen.

man also wohl annehmen, dass der Gang der historischen Entwicklung ein ähnlicher war, dass also zuerst der percipirende und nachher erst der leitende Abschnitt des ganzen Organes zur Entfaltung gelangte.

Für die abdominalen Gryllodeentympana würden wir aber nach dem Obigen gerade die umgekehrte Ordnung postuliren.

Wir könnten uns freilich auch mit der Annahme aus der Verlegenheit helfen, dass sich die fraglichen Organe, um mit Haeckel zu reden, nicht im Stadium des Aufblühens, sondern des Niederganges befinden, wobei möglicherweise die mit dem Verkümmern der Nervenendigungen dienstlos werdenden Tympana zu anderen Zwecken adaptirt werden und so, wenn auch in veränderter Gestalt, bis heute erhalten blieben.

4. Aber müssen unsere Gebilde denn mit Gewalt zur Bedeutung schallverstärkender, resp. leitender Organe hinaufgeschraubt werden, ist eine weniger auf Hypothesen fussende Erklärung derselben nicht möglich?

Es will uns dünken, dass Solches in der That der Fall sei. In den Spiegelhäutchen der Cikadenweibchen haben wir auffallend gestaltete und gleichfalls in einem besonderen Rahmen ausgespannte Integumentverdünnungen kennen gelernt, die höchst wahrscheinlich einzig und allein nur den Zweck haben, dem grossen abdominalen Luftbehälter für seine abwechselnde Füllung und Entleerung einen genügenden Spielraum darzubieten, indem sich diese Häutchen, ohne grossen Widerstand entgegenzusetzen, hervorstülpen lassen, wenn sich die Blase mit Luft vollsaugt, letztere aber, indem sie in ihre Ruhelage zurückzukehren trachten, wieder entleeren helfen, sobald der den Hinterleib zusammenschnürende Muskelmechanismus sein Werk beginnt.

Und warum sollten die Tympana der Gryllodeen nicht eben dazu vorhanden sein? Der zugehörige Muskel, der sich ja ohnehin als ein wahrer Exspirationsmuskel entpuppt hat, würde zu einer solchen differenzirten Stelle der lateralen Gelenkshaut nur eine erwünschte Beigabe sein, während die feste Einfassung des Häutleins, wie wir gleichfalls gesehen haben, einen guten Fuss für die nächst gelegenen Lateralmuskeln abgibt.

Unter dieser Annahme würde es auch leicht erklärbar, einmal, warum unsere Gelenkshautdifferenzirung bei beiden Geschlechtern gleichmässig und dann warum sie bei verschiedenen Gattungen so ungleich entwickelt ist, da ja einerseits der Umfang und die Beschaffenheit der gesammten Lateralmembran und andererseits auch das Respirationsbedürfniss ein sehr wechselndes sein dürfte.

Klar oder doch leichter verständlich würde dann endlich auch der eine Punkt, nämlich warum die den Gryllodeen sonst so eng verwandten Locustinen die betreffende Cuticulardifferenzirung nicht besitzen.

Selbstverständlich ist aber mit der Ausbildung derartiger trommelfellähnlicher Hautbezirke die Möglichkeit zur Um- oder Weiterbildung in active oder passive Schallorgane eine sehr naheliegende und dürften speciell die Ohren der Acridier durch dieses Stadium hindurch zu ihrem gegenwärtigen Status sich erhoben haben [1].

---

[1] Bei dieser Gelegenheit glauben wir erwähnen zu sollen, dass die Priorität hinsichtlich der richtigen morphologischen Deutung des Orthopteren-ovipositor, und zwar gegründet auf die Entwicklungsgeschichte nicht Dewitz (Z. f. w. Zoologie, 25. Bd. 1875), sondern uns gebührt, wie in unserer allerdings todgeschwiegenen Schrift „Die Entwicklungsstadien der *Orthoptera Saltatoria*“, (Vukovar 1868) Fig. 9 und 11 nachzusehen. Dass wir später durch die Autorität eines Lacaze-Duthiers verführt, die richtig erkannte Wahrheit für einige Zeit gegen einen Irrthum in Kauf nahmen, ändert an der Sache nichts. Betreffs der Innen hat aber auch nicht Dewitz, sondern der rühmlich bekannte Kerf-Embryologe Ganin den Vortritt (Z. f. w. Zoologie, Bd. 19, Taf. 32, Fig. 3), nach dessen Untersuchungen bei den Pteromalinen an der Bildung des äusseren Geschlechtsapparates nicht 2, sondern 3 Ringe, mit je einem Paar ventraler Anhänge betheiligt waren. Dass nicht, wie Brunner (o. c.) meint, Unterkiefer und Unterlippe einem einzigen Kopfsegment angehören, bemerken wir nur für die der Insecten-Embryologie ferne stehenden.

ERKLÄRUNG DER TAFELN.

Durchgehende Bezeichnungen.

R_1 Pro-
R_2 Meso- } Notum
R_3 Meta-

$r_1\ b_1$
$r_2\ b_2$ Rücken-, resp. Bauchplatte des { 1. 2. ... 10. } Hinterleibssegmentes.
$\vdots\ \vdots$
$r_{10}\ b_{10}$

TAFEL I.

Toninstrumente der Cikaden.

(sämmtliche Figuren mit Ausnahme von 13 bezogen auf *Cicada plebeja*).

sch_1
sch_2 } schuppenartiger Fortsatz der { Vorder- Mittel- Hinterbrust. T Trommel. M zugehöriger Muskel. S Sehne desselben.
sch_3

Di Diaphragma zwischen der 1. und 2. Hinterleibsrückenschiene.

Sp spiegelnde oder Gelenkshaut zwischen der 1. und 2. Hinterleibsbauchschiene.

g ventrale Gelenkshaut zwischen dem Metathorax und dem Hinterleib.

Fig. 1. ♂. Profilansicht.

Fl$_1$ Vorder-, *Fl*$_2$ Hinterflügel; st_1 Stigma hinter dem Pro-, st_3 hinter dem Metathorax. Der Deckel des Trommelfelles (*T*) ist weggeschnitten. Vergrösserung 1½.

„ 2. ♂. Zur Orientirung über die Trommelgegend und dessen Umgebung.

H Trommelhöhle. *D* Deckel. *g, g', g''* Gelenksmembran hinter dem Metathorax. V. 2½.

„ 3. Dasselbe vom Weibchen.

b Stachelfortsatz an der Basis der zum Theil abgeschnittenen Bauchschuppen (sch_3). V. 1½.

„ 4. ♂. Hinterleib halb von vorne gesehen. V. 2/1.

„ 5. ♂. Längsschnitt, um die grosse Tracheenblase (*Bl*) und den Trommelmuskel *M* zu zeigen. Der Hinterleib hat 10 Ringe, die letzten zwei bilden das Penisfutteral.

Di Diaphragma zwischen Meso- und Metathorax zur Anheftung der Niederdrücker der Vorderflügel. *a* bindegewebiges Suspensorium des Trommelmuskels. V. 2/1.

„ 6. Dasselbe vom Weibchen, bei dem die Tracheenblase viel kleiner ist.

Ov Eierstock, der nicht am Rückengefäss, sondern mittelst des Stranges (*v*) am Kopf befestigt wird. *D* Darm. *L* Legeröhre. Natürl. Grösse.

„ 7. ♂. Skelet des 1. und 2. Hinterleibsringes schief von hinten gesehen.

k kammförmiger Aufsatz des seitwärts in Flügel auslaufenden Trommelmuskelgestelles (b_1). Unter dem Kamm ein Canal zum Durchtritt der Ganglienkette. V. 2/1.

„ 8. ♂. Trommelfellartiges Toninstrument mit seiner Einfassung und dem Trommelmuskel von aussen im schlaffen Zustand.

O Ober-, *U* Unter-, *V* Vorder-, *H* Hinterrand. *R* dünne, nachgiebige Randzone. *m* blasenartiger Mittelhöcker, an den sich vorne die rippenartigen Saiten anschliessen. *a* Angriffsstelle der Trommelmuskelsehne. *uz* Richtung, in der der Zug des Muskels erfolgt. *xy* Richtung, in der das Trommelfell eingestülpt wird. V. 7/1.

„ 9. ♂. Dasselbe von der concaven aber hier flach ausgebreiteten Innenseite besehen.

d knopfartige Verdickung. *a* innerlich vorspringende Leiste. $ri_1, ri_2, \ldots ri_4$ die vier in einen gemeinsamen Stamm sich vereinigenden Haupt-, z_1, z_2, z_3 die interpolirten Mittelrippen oder Zwischenstücke. *S* tellerartige Sehne des Trommelmuskels, *S'* dessen bandförmige Fortsetzung. V. 9/1. Gez. mit d. Cam. luc.

Fig. 10. ♂. Die Trommel (Fig. 8) im contrahirten Zustand, wobei die Rippen in der Mitte geknickt werden und sich hart
    aneinander drängen. V. 7/1.

„ 11. ♂. Längsschnitt in der Richtung ts in Fig. 2.
    $\alpha\beta$ erste Dorsalschiene, zur Trommel sich differenzirend, β die gelenkartige Einstülpung zwischen der 1. und
    2. Schiene ($\beta\gamma\delta t$), $\delta\gamma$ der Trommelhöhlendeckel. Vergr.

„ 12. ♂. Dasselbe in der Geraden xy (Fig. 2).
    Tr Tracheenblase, v kurzbehaarte Vorder-, h langbehaarte Hinterlippe des in der Gelenkshaut zwischen Meta-
    thorax (R_3) und 1. Rückenschiene ($\alpha\beta$) gelegenen Stigmas. c äussere Concavität der Trommel, ri_1, ri_2, ri_3 Durch-
    schnitte durch die rippenartigen Verdickungen, m durch das blasenartige Mittelfeld (Vergl. Fig. 8).

„ 13. ♂. Neunrippiges, ganz offenes Toninstrument (T) von *Cicada haematodes* ♂. Im contrahirten Zustand, wo
    die Rippen in schiefer Richtung von oben und innen nach unten und aussen eingezogen erscheinen.
    k knopfartige Verdickung. V. 5/1.

„ 14. Sog. Metathoraxstigma des ♂ ohne Spur der von H. Landois beschriebenen „Stimmbänder," sammt
    dem daran hängenden Tracheensack. Gez. mit d. Cam. luc. Vergr.

TAFEL II.

Abdominale Tympana der Gryllodeen.

Durchgehende Bezeichnungen.

T trommelfellähnliche Hautstelle, st_3 Stigma des Metathorax, resp. 1. Abdominalsegmentes,
E deren Einfassung, st_4 „   „   2.   „
TM Tympanalmuskel, st_5 „   „   3.   „

Fig. 1. Metathorax (R_3) und Hinterleibsbasisprofil von *Brachytrupes megacephalus*.
    g laterale Gelenkshaut zwischen den Rücken- und Bauchschienen, auf welcher das Trommelfell T zwischen den
    Stigmen st_1 und st_5 gelegen ist. B_3 Coxa des Hinterbeins. Br_3 Metasternum. V. 2/1.

„ 2. Tympanalgegend vom gleichen Insect.
    L Muskelinsertionsleiste auf dem Trommelfell (T). V. 10/1. Cam. luc.

„ 3. Dasselbe von *Tridactylus apicalis*. In der seitlichen Gelenkshaut eine Reihe stark chitinisirter Lateralplatten ($l_1, l_2 \ldots$)
    In der 2. das Trommelfell (T) mit einer mittleren Verdickung. V. 45/1. Cam. luc.

„ 4. Profilansicht der Brust und der Hinterleibsbasis von *Phalangopsis* sp. n. aus Zanzibar mit einem stark convexen
    Trommelfell. Vergr.

„ 5. Tympanalgegend vom gleichen Thier. V. 20/1. Cam. luc.

„ 6. Dasselbe von *Gryllotalpa vulgaris*.
    g, g' laterale Gelenksfalten, l Muskelinsertion.

„ 7. Dasselbe mit weiterer Umgebung hinter der Hinterbeinbasis (B_3) eine Grube, darüber, schief nach hinten, das Trom-
    melfell T.
    g laterale Gelenksfalten. J Insertion des Tympanalmuskels an der Seite des Vorderrandes der 2. (und nicht 1.
    Landois) Bauchschiene. Vergr.

„ 8. Vom Rücken her geöffnete Werre zur Demonstrirung der Hautmusculatur.
    B_2 Mittel-, B_3 Hinterbeine. G_1 Mesothoraxganglion, g_2, g_3 2. und 3. Abdominalganglion. bS sog. Bauchseptum, eine
    undulirende musculöse Platte. TM Tympanalmuskel. V. 3/1.

„ 9. Eine Hautmuskelpartie eben daher.
    ba bandförmige, fl und fl' flügelartige Bauchmuskeln. re_1, re_2, re_3 laterale oder Dorsoventral-Muskeln (Respira-
    tionsmuskeln). TM Tympanalmuskel. a vorletzter, b letzter Metathoracalganglion-Nerv, c Nerv, vom 1. Abdominal-
    ganglion. Chlorpalladiumpräparat. Vergr.

„ 10. Tympanalgegend der Werre von innen.
    T Trommelfell, E Einfassung, TM Tympanalmuskel, an Anzieh-, ab Abziehmuskel des Stigmenverschlusshebels,
    c Anzieher des Verschlussbügels. N Nerv. F Fettkörper. Vom Trommelfell ist die Matrix z. Th. abgelöst.
    V. 10/1. Cam. luc.

„ 11. Dasselbe von der Feldgrille. Man sieht den die seitlichen Gelenksfalten überspannenden Tympanalmuskel. V. 10/1.
    Cam. luc.

„ 12. Dasselbe von *Gryllus domesticus* von aussen. V. 10/1. Cam. luc.

„ 13. Dasselbe von *Gryllus apterus*. Trommelfell (T) rudimentär. V. 20/1. Cam. luc.

„ 14. Dasselbe von *Mogoplistes brunneus* Serv. V. 20/1. Cam. luc.

„ 15. Dasselbe von *Platydactylus* von Amboina.
    a Verschlusshebel, b höckerartiger Fortsatz des Verschlussbügels. ab Richtung, in welcher der Abzieher des Ver-
    schlusshebels, an dessen Anzieher und c der Anzieher des Verschlussbügels sich zusammenzieht. V. 20/1.
    Cam. luc.

„ 16. Dasselbe von *Oecanthus pellucens*. Keine Spur eines Trommelfelles (T). V. 20/1. Cam. luc.

Fig. 17. Dasselbe von *Orocharis* spec. Trommelfell kaum kenntlich. V, 20/1. Cam. luc.

  „ 18. Theil eines Querschnittes durch das 2. Hinterleibssegment der Werre.

a b Rücken-, *gh* Bauchschiene, *bg* die in Falten gelegte Gelenkshaut, *T* Trommelfell, *c* dessen obere dicke Einfassung. *st* Stigma. re_1, re_2, re_3 Respirationsmuskeln (vergl. Fig. 9). *TM* Tympanalmuskel. Vergr. schematisch.

  „ 19. Dasselbe von einem Acridier.

f laterale Gelenkshaut, der untersten Falte von jener der Werre entsprechend, während das stigmentragende unterste Stück *(b e)* der Dorsalschiene der oberen Partie der Werrengelenkshaut *(b e)* entspricht, schematisch.

Anhang betreffs der Cikaden-Trommeln.

Bei unserem letzten Wiener Aufenthalte hatten wir Gelegenheit, im Hofmuseum die dortige schöne Cikadensammlung auf unseren Gegenstand zu durchmustern. Unsere Vermuthung, dass die Entfaltung der einzelnen Bestandtheile des Trommelapparates bei den verschiedenen Formen eine sehr verschiedengradige sei, hat sich vollkommen, ja über die Erwartung hinaus bestätigt. Alle Theile, die Trommeln selbst, ihre Deckel, die Spiegeln, die Bauchschuppen zeigen die grösste Mannigfaltigkeit. Bei keinem der angesehenen Cikadenweibchen ist aber eine Spur der Trommeln zu sehen. Im Einzelnen heben wir noch folgendes hervor.

Bei *Cicada regina* M. S., *Josena fasciata* aus Java und *Polyneura Hügelii* sind die offenen Trommeln, der ganzen Configuration des betreffenden Ringes entsprechend, gegen die Bauchseite gerückt. Die Trommeln von *Gaeana Pulchella* H o p e, *Platypleura stridula* L. und *Cicada querula* P a l l. werden theils ganz, theils zum grossen Theil durch einen blattartigen Vorsprung des 2· Ringes bedeckt. Offene Trommeln haben dagegen: *Huechis incarnata* G e r m., *Tettigomyia respiformis* S c r v. (tiefe Trommelgrube), *Carineta villosa* G e r m., *Cicada Sareptanus* F i e b. (armsaitig), *C. cantans* (a. s.), *brachyptera* (a. s.), *Hageni* F i e b. (a. s), *taurica* M. L., *Alhageos* K o l e n. (vielsaitig = *C. haematodes*), *Musiva* G e r m. (v. s.) und *dimissa* H a g. (a. s.).

Wie wir sehen, lassen sich die meisten Cikadentrommeln unter die oben behandelten zwei Typen, nämlich von *C. plebeja* und *C. haematodes* bringen. Die ganze mechanische Einrichtung der Trommeln scheint bei der Mehrzahl im Wesentlichen die gleiche, die blasenförmige Auftreibung des „Mittelfeldes" wenigstens findet sich auch bei Exoten (*Huechis incarnata* G e r m.) wieder. Eine Art Genealogie der Cikadentrommeln lässt sich mit dem Wiener Material aber nicht aufstellen.

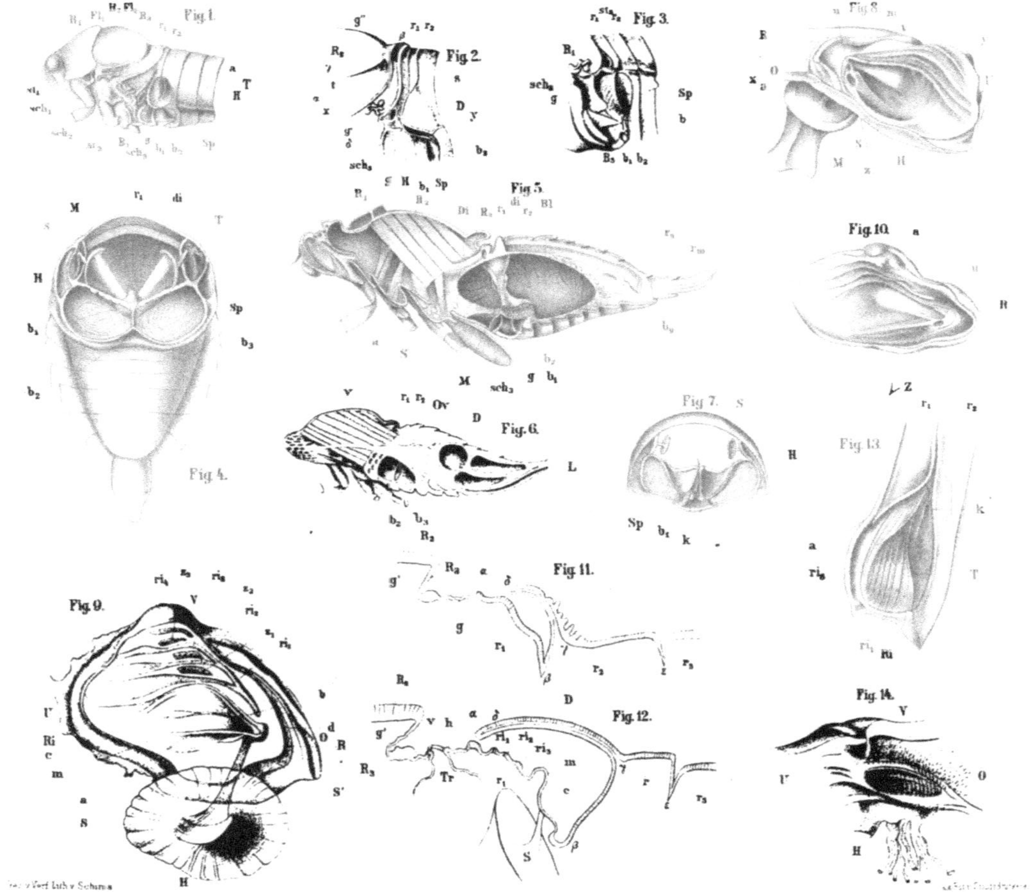

Fig. 1.

Fig. 2.

Fig. 3.

Fig. 8.

Fig. 4.

Fig. 5.

Fig. 10.

Fig. 6.

Fig. 7.

Fig. 13.

Fig. 9.

Fig. 11.

Fig. 12.

Fig. 14.

aber: Die abdominalen Tympanalorgane der Cikaden und Gryllodeen.

Taf.I

Fig.1. Fig.2. Fig.3. Fig.6. Fig.7.

Fig.4. Fig.5. Fig.8. Fig.9.

Fig.10. Fig.11. Fig.14. Fig.16.

Fig.12. Fig.13. Fig.15. Fig.17. Fig.18. Fig.19.

Lith v Schima